KB062489

꿈을 가져도 되오?

꿈을 가져도 되오?

초판 1쇄 2018년 4월 30일
초판 4쇄 2022년 8월 1일

글쓴이 | 오채
펴낸곳 | 도서출판 단비
펴낸이 | 김준연
편집 | 김성은
디자인 | 구민재page9
등록 | 2003년 3월 24일(제2012-000149호)
주소 | 경기도 고양시 일산서구 고양대로 724-17, 304동 2503호(일산동, 산들마을)
전화 | 02-322-0268
팩스 | 02-322-0271
전자우편 | rainwelcome@hanmail.net

ISBN 979-11-85099-05-7 03810
      978-89-967987-4-3 (세트)

값 11,000원

※ 이 책의 내용 일부를 재사용하려면 반드시 저작권자와 도서출판 단비의 동의를 받아야 합니다.
※ 이 도서의 국립중앙도서관 출판시도서목록(CIP)은
   e-CIP 홈페이지(http://www.nl.go.kr/ecip)에서 이용하실 수 있습니다.
   (CIP제어번호: CIP2018012032)

단비 청소년 문학 42.195 17

꿈을 가져도 되오?

오채 글

단비
danbi

차례

황제를 만난 날

"정말로 경복궁에서 황제 폐하를 뵈었어요?"

봉례가 눈을 동그랗게 뜨고 물었다.

"뵈었지. 이 메달을 직접 주셨단다."

점동이 메달을 내밀자 봉례는 휘둥그레진 눈으로 마른침만 삼켰다. 점동은 그런 봉례의 손에 메달을 쥐어 주었다. 얼결에 메달을 받은 봉례는 황제 폐하라도 본 듯 허둥지둥 무릎을 꿇었다. 봉례는 스치듯 메달을 만지고는 황급히 점동에게 내밀었다.

"폐하를 직접 본다면 너무 놀라 심장이 터질 거예요. 선생님이 정말 자랑스럽습니다. 조선의 여인 중에 선생님처럼 귀한 여인이 또 있을까요."

"당치 않다. 너희들은 나보다 더 귀한 일을 해야 한다. 그러기 위해 밤낮을 가리지 않고 공부하는 것이 아니냐."

누가 듣기라도 하듯 봉례가 귓속말을 했다.

"참 이상하지요. 황제 폐하가 경복궁에 사는데 일본이 어찌 조선을 빼앗을 수 있습니까?"

경복궁을 둘러싸고 있던 무장한 일본 군인들이 떠오르자 점동의 입에서 깊은 한숨이 나왔다. 총칼을 든 일본 군인들은 황제를 지키는 것이 아니라 가두고 있었다. 국권을 빼앗긴 조선은 더 이상 조선이 아니었다. 한성 거리는 일본인들의 입맛대로 변해 있었고, 어디서나 기세등등한 일본인들을 볼 수 있었다. 한성 거리를 걸으며 억장이 무너지는 것을 여러 번 경험한 점동은 나직이 말했다.

"내가 네 나이 때도 조선은 바람 앞의 촛불 같았지. 청나라와 일본이 평양에서 조선을 서로 갖겠다고 전쟁을 했었단다. 나라를 지킬 힘이 없으니 결국 나라를 빼앗기는 비극을 맞게 되는구나. 봉례야, 그래서 배워야 한단다. 잘못 배운 사람들은 이 나라를 남의 나라에 갖다 바치고, 자기 잇속을 차리느라 동포들을 배신하는 것을 부끄러워하지 않는구나. 그래서 배우되 바로 배워야 한단다. 힘써 배워 이 나라를 되찾는 데 너희들이 거름이 되어야 한다."

봉례가 나직이 혼잣말을 했다.

"보잘 것 없는 계집인 제가 어찌……."

바닥에 놓인 메달을 지그시 보며 봉례가 말을 이었다.

"저는 선생님처럼 당찬 여인은 본 적이 없습니다. 지난번 피를 철철 흘리며 왔던 여인을 보고도 눈 한번 깜빡하지 않고 정맥 봉합 수술을 했을 때 말이에요. 동무들은 아직도 그 얘기를 하며 선생님을 조선에서 가장 용감한 여성이라고 합니다. 저는 그 피를 생각하면 아직도 몸서리가 쳐집니다. 그런 용기는 어디서 나오는 겁니까?"

점동의 입가에 엷은 미소가 번졌다.

"나도 네 나이 때는 피를 보면 무섬증이 들었단다. 조선에서 의사를 하려면 담력이 세야 한단다. 무당과 싸우고, 무지와 싸우다 보니 나도 모르게 겁을 잃어가는구나. 환자를 치료하는 것이 가장 우선이 되면 무엇도 무섭지 않단다. 너도 점점 용감해질 거다."

"저는 아직도 한참 멀었습니다. 선생님, 여인으로 그 먼 땅까지 가서 공부하는 게 무섭지 않았어요? 저라면 무서워서 꿈조차 꾸지 못했을 것 같습니다. 저는 지금도 그 먼 땅에 가라고 하면 선뜻 갈 자신이 없습니다."

점동이 봉례의 머리를 쓰다듬으며 말했다.

"무서웠지. 무서워서 덜덜 떨었던 날이 얼마나 많았는지 모른다. 포기하고 싶던 날도 많았지. 특히, 유산 씨가 그렇게 됐을 때는……."

눈물을 삼킨 점동이 다시 말을 이었다.

"나를 위해 기도해 주고, 믿어 주는 사람들 덕분에 이겨 낼 수 있었단다."

점동과 봉례는 한동안 아무 말도 하지 않았다. 점동을 향한 봉례의 존경심은 점점 더해 갔다. 처음 허름한 오두막집에서 만났을 때부터 지금까지.

"생각해 보니 선생님이 우리 집에 처음 온 날 말이에요. 그때도 선생님은 당찼습니다. 이질에 걸린 우리 할머니를 씻기고, 부엌을 청소해 주고, 저한테 물을 끓이라고 하셨지요. 펄펄 끓는 물에 몇 개 안 되는 식기를 소독하고, 방을 닦는 선생님을 보며 저와 할머니는 입을 다물지 못했었죠."

몇 해 전 일이 떠오르자 점동의 입가에 미소가 번졌다.

"너도 만만치 않았지. 무당이 곧 오기로 했다고 할머니한테 손도 못 대게 했잖니. 무당만 오면 할머니 병도 낫고 다 잘 될 거라고."

멋쩍은 듯 봉례가 머리를 긁적였다.

"우리가 참 무지했습니다. 아, 이 많은 책을 선생님이 우리말로 번역해 주고 계시니 힘이 납니다. 선생님이 없었으면 언감생심 우리가 어찌 간호 교육을 받을 수 있겠어요?"

점동이 고개를 내저었다.

"나는 너희들보다 더 많은 것을 받았단다. 내 인생을 돌아보면 온통 사랑의 빚뿐이더구나. 사랑의 빚을 지고 여기까지 왔으니 그 빚을 갚아야 하지 않겠니. 너희들에게 조금이나마 도움이 되고 있다니, 빚을 조금은 덜겠구나."

아까부터 주머니를 만지작거리던 봉례가 조심스럽게 털장갑을 내밀었다.

"선생님이 이리 큰 상을 받았는데 선물할 것이 없습니다. 늘 다 해진 빨간 장갑만 끼시기에 털장갑을 짰습니다. 가끔 제가 짠 장갑도 끼어 주세요."

뜻밖의 선물에 점동의 얼굴이 환해졌다. 빨간 털실로 짠 장갑에 녹색실로 '박에스더'라는 이름이 새겨져 있었다. 점동은 장갑을 볼에 갖다 대며 환하게 웃었다.

"정말 곱구나. 따뜻하기도 하고 말이야. 우리 어머니도 바느질을 참 잘하셨지. 나는 어머니 솜씨를 닮지는 못했는데. 참 곱게도 잘했구나. 많이 고맙다."

깊은 밤, 점동은 다시 의학 서적을 펼치고 번역하는 일에 빠져들었다. 그때, 밖에서 노크하는 소리가 들렸다.

"점동, 밤이 깊었어. 내일 진료하려면 제발 잠을 좀 자두도록 해. 요양을 다녀온 지 얼마 되지 않았다는 걸 명심해."

셔우드 선생님이었다. 점동은 선생님을 걱정시키지 않으려고 재빨리 불을 껐다. 어두운 방구석에서 황제에게 받은 메달이 홀로 빛나고 있었다. 점동은 오래 전 첫 꿈을 가졌던 날이 떠올라 눈시울이 붉어졌다.

'주님, 이 상은 제 것이 아닙니다. 아무짝에도 쓸모없던 계집에게 꿈을 주시고 이룰 수 있는 힘을 주신 것 정말 감사합니다. 희망이 보이지 않는 이 나라를 불쌍히 여겨 주시고, 우리 아이들의 정신을 깨워 주세요……'

아무짝에도 쓸모없는 계집

"쥐새끼처럼 여기저기 기웃거리지 말고 냉큼 다녀오너라! 바느질감 있으면 얼마든지 더 달라 하고!"

할머니의 타박에 점동은 입을 삐죽거렸다

"바느질감 더 갖고 오면, 우리 엄마 또 병나게요?"

할머니가 들고 있던 빗자루를 냅다 집어 던졌다.

"아무짝에도 쓸모없는 계집이 입만 살아서는!"

점동은 날아오는 빗자루를 피해 잽싸게 옷감이 든 보따리를 들고 집을 빠져나왔다. 점동은 맨날 "떡두꺼비 같은 손자놈 하나 안아 봤으면……." 하고 아들 타령을 하는 할머니가 미웠다.

"쳇, 두고 봐! 나중에 우리 엄마, 우리들 구박한 거 후회하게 될 테니."

장날이라 그런지 장터는 사람들로 북새통을 이루었다. 남사당패까지 나와서 장터는 더 시끌벅적했다. 온갖 재주를 부리는 사당패 놀이를 구경하다 할머니한테 혼쭐난 일이 한두 번이 아니었다. 오늘도 남사당이 사람들을 모으려고 줄에 거꾸로 매달린 채 두 팔을 흔들어댔다. 점동은 오늘만큼은 딴 데 기웃거리지 않고 안성댁 집으로 곧장 가기로 마음먹었다. 엿장수 아저씨가 춤을 추며 손짓을 해도, 동무들이 공기놀이를 하자고 불러도 뒤돌아보지 않았다. 엄마가 며칠 동안 잠도 못 자고 바느질을 하느라 병이 났기 때문이다. 오늘은 곧장 집에 가서 엄마를 간호해야 한다.

"점동이 왔어요!"

점동이 외치는 소리에 한복을 곱게 차려입은 안성댁이 문을 열고 나왔다.

"어서 오너라. 제때에 해 왔구나."

안성댁은 점동이 내민 보따리를 풀어서 옷을 꼼꼼하게 살펴보았다.

"곱게 잘됐다. 역시, 느이 엄마 바느질 솜씨를 따라갈 이가 없구나. 참, 이 참판댁 아씨가 혼례를 하는데 느이 엄마가 바느질을 해 줄 수 있으려나 모르겠다. 몸이 성해야 일감을 줘도 미안하지 않은데 말이다. 한 달 안에 다 끝내야 해서 말인데, 엄마한테 할 수 있는지 물어보고 오너라."

점동은 선뜻 대답하지 못했다.

'혼례 때 쓸 옷은 일이 엄청 많은데, 엄마 병이 더 깊어질지 몰라. 할머니한테는 절대 말하지 말아야지.'

안성댁이 방으로 들어가더니 엽전 꾸러미를 들고 나왔다.

"집에 가서 물어보고 곧 답을 주어라. 느이 엄마가 안 되면 다른 사람을 알아봐야 하니."

점동은 공손하게 인사를 하고 안성댁 집을 나왔다.

구수한 인절미 냄새가 점동의 코를 간질였다. 인절미 앞에서 군침을 삼키고 서 있는데 사람들이 웅성거리는 소리가 들렸다. 새로운 구경거리를 놓칠세라 점동은 사람들 틈을 비집고 고개를 빠끔 내밀었다.

"이야, 많이 곱다! 이화학당 학생들이네!"

멀리서 옥색 쓰개치마를 쓴 이화학당 학생 둘이 걸어오는 것이 보였다. 다홍색 치마에 미투리를 신은 여학생들은 조신한 걸음으로 점동의 앞을 지나갔다. 사람들의 수군거림이 들려왔다.

"쯧쯧, 서양 사람들이 잘 먹였다가 살이 오르면 피를 빨아 먹는대. 게다가 눈은 뽑아서 사진 만드는 약으로 쓴다는구먼. 저런 데 보내는 부모는 사람도 아닌 거여!"

무리 중에 한 사람이 목소리를 높였다.

"무슨 소리! 서양 여자가 하는 말을 들으니, 조선이 강해지려면 여자도 배워서 힘을 길러야 한다더구먼. 학당에 다니면 조선의 보배가 된다나 어쩐다나. 근데 먹여 주고 재워 주고 가르쳐 주는 거야 고마운 일이긴 한데 그거 배워서 뭣에 쓰나? 배운다고 힘이 생기는 게 말이 되나? 우리 같은 천민들은 밥 안 굶고 사는 것이 최고지."

순간 점동은 귀가 번쩍 열리는 것 같았다.

'조선의 보배······.'

점동은 이화학당 학생들이 멀어질 때까지 눈을 떼지 못했다. 몽당치마에 짚신을 신은 자신과 달리 다홍색 치마를 입고 쓰개치마를 두르고 가는 이화학당 학생들. 멀어져가는 학생들을 물끄러미 바라보며 점동은 자기도 모르게 중얼거렸다.

"조선의 보배, 조선의 보배······."

한달음에 집까지 달려간 점동은 방문을 벌컥 열었다. 엄마는 구석에 누워 마른기침을 하고 있었다. 점동은 얼른 엄마에게 달려가 물을 건넸다.

"계속 기침이 멈추지 않으면 어쩌우?"

엄마는 물을 한 모금 겨우 넘기고는 자리에 누웠다.

"괜찮다. 곧 괜찮아질 거야. 일감은 받아 왔니?"

점동이 밖을 살피며 속삭이듯 말했다.

"아주머니가 이 참판댁 혼례 때 쓸 옷을 해 달라고 했는데 할머니한테는 비밀이우. 엄마 계속 일하다가 병이 깊어지면 어쩌우."

엄마가 손사래를 치며 말했다.

"나는 괜찮으니 어서 가서 일감을 달라고 해. 여자가 집에서 놀면 천벌 받는다. 할머니 노하시기 전에 어여 다녀오너라."

점동은 고집스런 얼굴로 세차게 고개를 저었다.

"그럼, 이참에만 하지 말고 엄마 기침 멎으면 그때 하오. 그 많은 일을 한 달 안에 어찌 끝내오. 내가 가서 그리 말할 테니."

엄마는 점동의 고집을 꺾을 수 없는 걸 잘 알기에 고개를 주억거렸다. 점동이 엄마의 팔을 주무르며 물었다.

"참, 엄마도 이화학당 학생들을 보았소?"

"보진 못했다. 아버지 통해서 옷감을 받아 다홍색 치마 몇 벌 지었지."

점동의 눈이 동그래졌다.

"아, 그때 그 옷이 이화학당 학생들 옷이었소?"

엄마가 고개를 끄덕였다.

"사람들은 서양 사람들이 조선 아이들을 잡아먹을 거라고 하지만 절대 그렇지 않다는구나. 아버지가 그러는데 선교사님들은 아주 좋은 분이래. 자기 나라에서 편하게 살 수 있는 것을 마다하고 여기까지 와서 고생을……."

자지러질 듯한 엄마의 기침이 다시 시작됐다. 마당에 있던 할머니가 꽥 소리를 질렀다.

"거, 맨날 기침만 해대면 어쩌니? 떡두꺼비 같은 아들 손주를 안기려면 몸이라도 성해야 하지 않니? 아이, 불쌍한 우리 애비!"

점동은 괜한 문을 노려보며 이불을 꺼내 엄마를 덮어 주었다. 엄마는 새우처럼 몸을 웅크린 채 행여 기침 소리가 밖으로 새 나갈까 입에 무명천을 물었다. 점동은 그런 엄마의 등을 가만히 어루만져 주었다.

'내가 조선의 보배가 되면 얼마나 좋을까. 나는 엄마처럼 살기 싫다. 아들만 낳으라고 타박하는 시어머니도 만나기 싫다. 언니처럼 억지로 시집보내려고 하면 도망가 버릴 테다.'

점동의 아버지는 아펜젤러 선교사의 집일을 도맡아서 하고 있었다. 일요일이면 정동교회에서 종을 치는 일도 했다. 점동은 서양에서 온 선교사들이 어떻게 생겼는지 궁금해서 아버지 몰래 교회에 간 적이 있다. 그때 먼발치에서 아펜젤러 목사님을 본 점동은 화들짝 놀랐다. 귀가 훤히 보이는 짧은 머리, 파란 눈에 크고 높은 코는 조선에서 볼 수 없는 얼굴이 분명했다. 게다가 상투도 틀지 않은 노란 머리카락은 어찌나 괴상하던지. 할머니 말처럼 서양 귀신이라는 말이 딱 어울리는 것 같았다. 할머니가 서양 귀신이 다니는 교회에 가면 다리를 분질러 놓겠다고

으름장을 놓기도 했지만, 어쩐지 서양 사람들이 있는 곳에 다시
는 가고 싶지 않았다.

점동의 머릿속은 온통 이화학당 학생들로 가득 찼다. 아버지
가 집에 올 때까지 기다릴 수가 없었다. 할머니가 부엌에 들어간
사이 점동은 몰래 집을 빠져나왔다. 교회에 가니 마당을 쓸고 있
는 아버지가 보였다. 점동은 아버지에게 달려갔다.

"아버지! 아버지!"

아버지는 점동을 보고 놀란 듯 비질을 멈췄다.

"다 큰 계집이 대낮에 함부로 돌아다니면 어쩌누! 여기는 어
쩐 일이니? 할머니가 예배당에 온 걸 알면 노발대발하실 테니
어서 돌아가라!"

점동이 세차게 고개를 내젓자 야무지게 땋은 댕기머리가 춤
을 추듯 흔들렸다. 아버지는 점동의 고집에 졌다는 듯 고개를 끄
덕였다. 아버지가 주머니에서 작은 초콜릿을 꺼냈다.

"이거 하나를 누구 코에 붙이나 했는데 네 몫인가 보다."

점동은 아버지가 내민 초콜릿을 보고 방방 뛰며 좋아했다.

"아, 아버지! 많이 고맙소!"

허겁지겁 초콜릿을 싼 은박지를 벗기던 점동은 도로 은박지
를 쌌다.

"아니오. 이건 엄마 갖다 줘야지. 이거 먹으면 엄마 병이 나을지 모르니."

아버지가 점동의 머리를 쓰다듬으며 미소를 지었다. 점동은 생각난 듯 아버지에게 물었다.

"아버지! 이화학당은 어떤 곳이오?"

갑자기 아버지 얼굴이 어두워졌다. 점동은 아버지 눈치를 살피며 입을 열었다.

"장터에서 들으니 이화학당에 가면 조선의 보배가 될 수 있다 하오. 할머니는 맨날 나더러 아무짝에도 쓸모없는 계집이라 하는데……."

그 뒷말이 이상하게 목 안으로 삼켜졌다. 점동은 아무 말 없이 흙바닥을 기어가는 개미떼만 보았다.

한참 만에 아버지가 입을 열었다.

"아버지가 보니, 선교사님들은 좋은 분이다. 아펜젤러 선교사님도 이화학당에 대해 자주 말씀하시더구나. 하지만 우리는 조선 사람이 아니니. 이 아버지도 요즘 생각이 많구나."

점동은 아버지의 복잡한 표정을 보자 더 이상 아무 말도 할 수 없었다.

며칠 뒤 저녁, 엄마는 기침이 더 심해져 밥을 넘기지 못했다. 아버지는 아버지 상에서 밥을 먹고, 점동은 할머니와 같은 상에서 밥을 먹었다. 셋째 언니마저 얼마 전에 시집을 가서 밥상이 더 허전하게 느껴졌다.

"에휴, 떡두꺼비 같은 아들 하나 못 낳고 저리 빌빌대니, 이제는 글렀나 보다. 양자라도 들이면 좋으련만, 아휴 쯧쯧."

저쪽에서 혼자 밥을 먹던 아버지가 말했다.

"의원의 말이 어멈 병이 더 깊어질지 모르니 당분간 바느질을 쉬라 했습니다."

할머니는 더 깊은 한숨을 내뱉었다.

"아범이 서양 귀신들 밑에서 일을 하니 조상님들이 노한 게지. 그 일을 그만두고 다른 일을 찾아야 하지 않니. 아휴, 복채만 있으면 당장 서대문 무당을 찾아갈 텐데. 서대문 앞에 용한 무당이 왔다는데, 굿 한 번 하면 떡두꺼비 같은 아들을 단번에 낳는다고 하더구나. 그 무당만 찾아가면 어멈 병도 낫고 아들 손자도 안아 볼 수 있으련만. 돈을 구할 데만 있으면 당장이라도 가련만."

아버지가 숟가락을 내려놓으며 말했다.

"어머니 굿 얘기는 이제 그만하세요. 그동안 무당한테 갖다바친 돈으로도 충분합니다. 선교사님들은 좋은 분입니다. 서양 문물도 받아들일 것은 받아들여야 하고요. 저도 이번 일요일부터는 예배를 드리기로 했어요. 오늘 목사님한테 기도도 받았습니다."

할머니가 숟가락으로 상을 치며 버럭 소리를 질렀다.

"내 그럴 줄 알았지! 그래서 내가 그 일을 그리 말린 것을. 조 상님들이 벌써 알고 어멈한테 병을 준 것이지! 내 눈에 흙 들어 가기 전에는 꿈도 꾸지 마라! 예배가 뭔 말이니!"

점동은 자기도 모르게 아버지를 응원했다. 아버지가 예배를 드리면 아버지를 따라 교회에 갈 기회가 생길 것이다. 그러면 선교사님을 만나 이화학당에 가는 방법을 물을 수 있을 것만 같았다.

점동은 일요일이 되기를 손꼽아 기다렸다. 일요일이 되자 아 버지는 큰 결심을 한 듯, 옷을 차려입고 방에서 나왔다. 아까부 터 할머니는 마당에 우뚝 서서 아버지를 기다리고 있었다.

"아범, 이건 안 되는 일이다! 안 되고말고. 조상님들 낯을 어찌 보라고 아범이 이러는 것이니!"

아버지는 단단히 결심한 표정이었다. 점동은 할머니와 아버 지를 번갈아 보며 마음을 졸였다. 여태껏 할머니 뜻을 거스른 적 이 없던 아버지였다. 아버지는 할머니 앞에 허리를 푹 숙였다.

"어머니, 죄송합니다. 이번만은 어머니가 져 주셔야겠습니다. 다녀오겠습니다."

단호한 아버지의 태도에 할머니는 기가 막힌다는 듯 가슴을 쳤다. 바닥에 풀썩 주저앉은 할머니는 큰 소리로 울어 댔다.

"아이고, 아이고, 조상님들!"

놀란 엄마가 방문을 열고 뛰어나왔다.

"어머니, 이러다 병나세요. 얼른 들어가세요."

할머니가 엄마를 노려보며 소리쳤다.

"이게 다, 아들 하나 못 낳고 딸만 줄줄이 낳은 네 죄다! 아들 하나만 낳았어도 아범이 서양 귀신들한테 씌는 일은 없었을 것을! 아이고, 조상님들!"

엄마는 할머니의 억지에 한마디 대꾸도 하지 못하고 눈물만 흘렸다. 점동은 할머니가 엄마를 구박할 때마다 속에서 부아가 치밀어 올랐다.

"그게 어찌 엄마 탓이오? 할머니 너무하오!"

할머니가 점동의 등짝을 세게 쳤다.

"아무짝에도 쓸모없는 계집이 어딜 끼어들어! 고추 달린 사내 같으면 제사상은 받아먹을 텐데. 어이구, 나는 둘째 치고 불쌍한 아범은 제사상도 못 받고…… 양자를 들일 형편도 안 되니 불쌍해서 어쩌누."

점동은 할머니한테 꽥 소리를 질렀다.

"죽으면 밥을 먹는지, 안 먹는지 어찌 아오?"

할머니가 벼락같이 소리를 질렀다.

"어디서 따박따박 말대꾸니? 얼른 쫓아가서 아버지 데려오지 못할까!"

점동은 이번만큼은 할머니 말을 듣고 싶지 않았다.

"난 모르오!"

그때, 예배당에서 치는 종소리가 은은하게 들려왔다. 점동은 멀리서 들려오는 종소리가 기쁜 소식을 가져다줄 것만 같아 가슴이 설레었다.

보고 싶은 언니!

지난번 언니 편지를 받고 얼마나 울었는지 몰라. 언니를 구박하는 시어머니가 너무 미워. 우리 엄마를 괴롭히는 할머니도 미워.

시어머니들은 왜 며느리를 괴롭히는 걸까. 나는 곧 열두 살이 된다는 게 무서워. 언니처럼 시집가라고 하면 깊은 산골로 도망가 버릴 거야!

할머니는 아직도 엄마한테 아들 하나 못 낳는다고 온갖 구박을 하고 있어. 언니, 참말로 용한 무당한테 가서 굿을 하면 엄마가 아들을 낳을 수 있을까? 어서 할머니 구박이 그치고 우리 엄마 마음이 편해지면 좋겠어.

참, 우리 집에 놀라운 소식이 있어! 아버지가 목사님한테 기도를 받고 정식 교인이 되기로 마음먹었어. 할머니는 노발대발했지만 난 이 일이 좋게 여겨져. 아버지가 교회에 다니면 언젠가 우리도 다닐 수 있을 테니까. 나는 교회가 너무 궁금해. 먼나라에서 온 선고사님들은 어떤 사람들인지도 궁금하고. 조선의 아이들을 잡아먹는다는 소문이 사실인지도 궁금하고, 모든 게 궁금해.

같은 한성에 살아도 언니를 볼 수 없어서 섭섭한 마음 금할 수가 없어. 큰언니와 둘째 언니는 시집간 뒤 한 번도 못 봤고…… 그래도 지난번에 편지를 사리문 아래 둘 때 언니 뒷모습을 잠깐이라도 봐서 좋았어. 시집살이 때문에 많이 야윈 언니를 보니 속상했어.

걱정 마. 엄마한테는 언니 봤다는 말은 안 했으니까. 할머니 말로는 언니가 떡두꺼비 같은 아들만 낳으면 시어머니 마음이 돌아설 거래.

난 안 믿어. 우리 옆집 봉식이네는 아들만 여섯을 낳았는데도 시집살이를 하잖아.

이제 언니랑 공기놀이도, 까막잡기도 다시는 못 하겠지? 언니가 시집가기 전에 잘할걸. 내가 못되게 군 거 다 용서해 주오.

언니, 건강해야 해. 또 편지할게.

따뜻한
서양 귀신

할머니는 하얀 천으로 머리를 단단히 싸매고 자리에 누웠다. 점동은 모처럼 한가한 틈을 타 조심조심 집을 빠져나왔다. 오늘 따라 골목에 동무들도 보이지 않았다. 천천히 걷다 보니 자기도 모르게 이화학당 근처까지 가 버렸다. 멀리 기와집이 보이고 마당을 오가는 사람 두엇이 보였다. 장터에서 봤던 학생들은 보이지 않았다. 학당을 바라보며 점동은 생각에 잠겼다.

'내가 정말 쓸모 있는 사람이 될 수 있을까……'

집에 오자마자 부엌에 들어가 죽을 끓였다. 때마침 교회에 갔던 아버지도 들어왔다. 할머니는 아버지가 다녀왔다는 인사를 해도 고개조차 돌리지 않았다. 점동은 작은 상을 들고 안방 문 앞에 섰다. 그때 방에서 두런두런 말소리가 들려왔다. 자기 이름이 들리자 점동은 상을 내려놓고 가만히 귀를 기울였다.

"그동안 아펜젤러 목사님이 점동이를 학당에 보내는 게 어떠냐고 계속 권했는데 결심이 서질 않았소. 오늘 예배를 드리고 나오는데 점동이를 학당에 보내야겠다는 마음이 들었소. 그래서 목사님께 말씀드렸더니 당장 내일 이화학당 선생님을 만나게 해 주겠다는 거요. 당신 생각은 어떠오?"

잠자코 듣기만 하던 엄마가 드디어 입을 열었다.

"여자인 제가 바깥일에 무슨 생각이 있겠어요. 당신이 그렇게 생각하셨다면 따라야지요. 어머님은 여자가 배워서 뭣에 쓰냐고 반대하시겠지만 저는 당신 뜻을 따르겠어요. 점동이한테 바느질을 가르치려고 몇 번이나 해 봤지만 재미를 못 붙였어요. 점동이는 총기가 있어서 한글도 빨리 익혔잖아요. 학당에 가면 무엇이든 잘 배울 거예요."

점동은 기쁨을 누르지 못한 나머지 자기도 모르게 방문을 벌컥 열었다.

"아, 고맙소! 많이 고맙소!"

당황한 아버지가 할머니 방을 살피며 얼른 들어오라고 손짓했다. 점동이 방으로 들어가자 아버지가 인자한 얼굴로 물었다.

"그렇게 좋으냐?"

"좋고말고요! 밥 짓고 빨래하고 청소하는 것 말고 새로운 것을 배울 수 있다니 참 좋소! 난 바느질은 재미없소!"

벌써부터 눈물이 그렁그렁한 얼굴로 자신을 보는 엄마를 보자 점동은 기운이 빠졌다.

"그나저나 내가 가면 엄마 심부름은 이제 누가 하오? 참, 엄마 죽 드시오."

엄마가 말했다.

"할머니부터 갖다드리고 오너라. 아침도 안 드셔서 기운이 없으실 거야. 학당 일은 저녁 때 차분히 얘기하자."

점동은 쿵쾅거리는 가슴을 두 손으로 누르며 부엌으로 갔다. 아무도 없는 부엌에 들어가자 절로 웃음이 나왔다. 점동은 어느 때보다 정성껏 할머니 상을 차렸다.

'할머니가 또 반대할지 모르니 당분간 고분고분 말을 잘 들어야 해.'

방문을 열자 할머니가 곁눈질로 점동을 보았다. 할머니는 아버지가 아니어서 실망한 얼굴로 돌아누웠다.

"일어나 죽 드시오. 할머니한테 배운 대로 끓인 거요."

끙, 소리를 내며 할머니가 일어나 앉았다.

"느이 아버지는 예배를 봤다니, 안 봤다니?"

"나는 잘 모르오."

죽을 한 숟갈 입에 넣고 할머니는 또 가슴을 쳤다.

"어이구, 느이 아버지가 서양 귀신한테 씌면 온 집이 다 망한다. 큰애 빼고는 둘째랑 셋째는 아직 임신 소식도 없지 않니. 이게 다 조상님이 노해서 그런 거다. 사돈댁이 알면 큰 흉잡힐 일인데 어찌하면 좋으니."

점동은 아무런 대꾸도 하지 않았다. 괜히 할머니 심기를 불편하게 해서 학당 가는 일에 불똥이 튈까 겁이 났다.

저녁밥을 먹고 아버지가 점동을 불렀다. 점동은 마음의 준비를 하고 방으로 들어갔다. 아버지가 결심이 선 듯 굳은 얼굴로 말했다.

"우리는 너를 학당에 보내기로 결심했다. 할머니가 반대를 많이 할지 모르니 일단 내일 선생님을 만나고 온 뒤에 말씀 드리자. 알았지?"

"아! 아버지 고맙소! 엄마, 고맙소!"

그날 밤, 점동은 가슴이 뛰어서 잠이 오질 않았다.

'정말 학당에 갈 수 있을까? 서양 여자는 한 번도 보질 못했는데, 서양 여자는 어떤 옷을 입지? 가서 아무것도 못 알아들으면 어쩌지. 학당 선생님들은 영어로 말한다던데……'

점동의 마음은 걱정 반 설렘 반이었다. 옆에 누운 할머니는 푸푸, 입바람을 불며 자고 있었다. 도무지 잠이 오질 않았다. 자리에서 일어난 점동은 마당으로 나갔다. 이따금 개 짖는 소리만 들릴 뿐 사방이 고요했다. 별들이 촘촘히 박힌 밤하늘을 올려다보며 점동은 속삭이듯 말했다.

"나는 하나님이 누군지 모르오. 나를 학당에 보내 준다면 나는 하나님 말을 아주 잘 듣는 사람이 될 거요. 제발 우리 할머니가 반대하지 않도록 도와주오……."

다음 날 아침, 점동은 할머니보다 일찍 일어났다. 참빗으로 머리를 곱게 빗은 다음, 이가 붙어 있을까 봐 옷도 탈탈 털었다. 아버지는 아침 일찍 할머니 방으로 들어갔다.

"어머니, 오늘은 일이 있어서 일찍 나갑니다. 진지 꼭 드시고 기운 차리셔야 합니다. 저는 이미 마음을 굳혔으니 어머니가 양보해 주십시오. 다녀오겠습니다."

아버지가 방을 나가자 할머니는 입을 삐죽거렸다. 그러고는 한숨을 푹 내쉬었다.

"이를 어찌할꼬. 나는 힘없는 어미라 더 이상 말릴 수도 없고, 이제 조상님들 낯을 어찌 볼꼬."

아침을 먹자마자 점동은 할머니가 눈치채지 못하게 조용히 집을 빠져나왔다. 11월의 바람이 매서웠지만 점동은 추운 줄도 모르고 정동교회까지 달려갔다.

"아버지!"

"그래, 학당 선생님은 벌써 와서 기다리고 계신다. 가자."

점동은 아버지를 따라 작은 사무실로 들어갔다. 난로 옆에 노란 머리에 파란 눈을 가진 서양 여자가 앉아 있었다.

'어쩜 머리카락이 저렇게 노랗지? 눈은 꼭 고양이 눈처럼 파랗구나.'

태어나서 처음 보는 서양 여자였다. 선생님은 따뜻한 미소로 점동을 맞아 주었다.

"오, 반가워요. 점동 맞지요?"

'조선말을 배웠나 보다.'

점동은 잔뜩 긴장한 얼굴로 허리를 깊이 숙여 인사를 했다. 선생님이 아버지에게 말했다.

"잠깐 점동과 둘이서만 얘기해도 될까요?"

아버지는 고개를 끄덕이며 사무실을 나갔다. 사무실에 선생님과 단둘이 남게 되자 점동은 무섬증이 들었다. 파란 눈에 큰 코, 허연 얼굴이 할머니 말처럼 꼭 서양 귀신을 보는 것 같았다. 장터 사람들 말대로 금방이라도 점동의 눈을 뽑아서 사진 만드는 약으로 쓸 것만 같았다. 그때, 선생님이 점동의 손을 덥석 잡았다.

"악! 나, 난 맛이 없소!"

점동의 외침에 선생님이 웃으며 손을 내저었다.

"겁내지 말아요. 난, 조선 사람들 소문처럼 아이를 잡아먹지 않아요."

선생님의 말에 점동은 갑자기 부끄러움이 밀려왔다.

"아, 미안합니다. 나도 모르게 그만……."

점동은 선생님을 자세히 보았다. 자신을 잡아먹을 귀신치고는 미소가 너무나 따뜻해 보였다.

"학생들은 날 스크랜턴 선생님이라고 불러요. 김 집사님이 학당에 점동을 보내고 싶다고 해서 얼마나 기뻤는지 몰라요. 우리 학당에는 점동 또래의 학생이 세 명 있어요. 그중에 스스로 학당에 오겠다고 한 학생은 점동이 처음이에요. 그래서 나는 정말 흥분돼요."

점동은 선생님의 눈을 보며 침을 꼴깍 삼켰다.

'조선말을 어쩜 저리 잘할까.'

선생님이 물었다.

"우리 학당에 들어오면 무엇을 하고 싶나요?"

점동은 떨리는 가슴을 누르고 차분하게 대답했다.

"우리 할머니는 맨날 나더러 아무짝에도 쓸모없는 계집이라 합니다. 장터에서 들었습니다. 학당에 오면 조선의 보배가 된다고요. 나도 귀한 사람이 되고 싶습니다."

스크랜턴 선생님은 울먹이는 표정을 지으며 두 손을 가슴에 꼭 모았다.

"오, 이런 말을 하는 학생은 처음 만나요. 하나님은 우리 한 사람, 한 사람을 귀하게 만드셨어요. 학당에서 점동은 많은 것을 배울 거예요. 점동은 반드시, 조선의 귀한 여인으로 자랄 거예요. 점동의 눈이 초롱초롱 빛나는군요."

"정말 나도 귀한 사람이 될 수 있단 말입니까?"

점동은 자기도 모르게 선생님의 손을 꼬옥 잡았다. 선생님이 고개를 끄덕이며 미소를 지었다.

그날 밤, 점동이 학당에 들어간다는 말이 나오기 무섭게 할머니가 노발대발 역정을 냈다.

"아범이 서양 귀신에 씌더니 이제 딸년까지 서양 귀신한테 바치는구나! 안 된다! 안 돼! 아범이 난데없이 서양 콧바람이 들어가 아무짝에도 쓸모없는 계집을 가르친다는 게 말이 되니!"

아버지가 할머니 앞에 무릎을 꿇었다. 할머니는 아버지의 단호한 모습에 입을 다물지 못했다.

"어머니, 점동이라도 학문을 익히면 우리와는 다른 세상을 살 수 있어요. 어머니가 받아들여 주세요. 그리고 이제 예배당에 커다란 병풍을 쳐서 여자들도 같이 예배를 드릴 수 있답니다. 그럼, 어멈도 같이 갈 겁니다. 어머니도 곧 같이 가게 되겠죠."

할머니는 기가 막힌지 가슴만 탁탁, 쳤다.

"어머니도 받아들이셔야 합니다. 예수님 그분은 참 좋은 분입니다. 나도 아직 잘은 모르지만 제 나라에서 대접받던 분들이 왜이 조선 땅까지 와서 예수님의 사랑을 전하겠습니까. 그분들은 밤낮을 가리지 않고 환자들을 돌보고, 양반 천민 가릴 것 없이 사랑해 줍니다. 누가 돈을 주는 것도 아니고, 박수치기는커녕 오히려 욕을 들어도 그들은 묵묵히 할 일을 합니다. 우리 점동이가 배워서 다른 인생을 살 수만 있다면 그것도 좋지 않겠습니까."

할머니는 말없이 아버지를 노려보기만 했다. 그러더니 이불을 확 뒤집어쓰고 가짜울음을 울기 시작했다.

"내가 너무 오래 살았지이이…… 아이고, 내 죽어서 조상님들을 어찌 대할꼬…… 아이고 아이고……."

점동은 그날 밤, 끙끙 앓는 할머니를 보며 속으로 말했다.

'할머니, 그동안 할머니 미워한 거 많이 미안하오. 내일 떠나면 할머니랑 같이 잘 수도 없는데, 나 꼭 열심히 학문을 배워서 아들 손자 부럽지 않게 할 거요. 그러니 나 잘 보내 주오.'

다음 날, 점동이 눈을 뜨니 할머니가 보이지 않았다. 놀란 점동은 마당으로 달려 나갔다. 마당에도 할머니가 없었다. 여기저기 기웃거리다가 굴뚝에서 연기가 나는 것을 보고서야 부엌으로 가 보았다. 할머니는 아궁이 앞에 정화수를 떠놓고 연신 고개를 숙이며 빌고 있었다.

"새벽부터 뭘 하오?"

할머니는 점동을 흘겨보더니 아궁이에 장작을 집어넣었다.

"아무짝에도 쓸모없는 계집, 집 떠난다기에 시루떡 찌고 빈다. 악귀들이 네 몸에 붙지 말라고."

점동은 피식, 웃음이 나왔다. 할머니가 항상 쓸모없다고 자신을 구박해도 깊은 정이 있다는 것쯤은 알았으니까.

점동은 서둘러 아침을 먹고 학당에 가지고 갈 짐을 쌌다. 엄마는 많이 서운한지 결국 눈물을 보이고 말았다. 아버지가 점동의 짐 보따리를 들었다. 할머니는 아직 따뜻한 시루떡을 보자기에 싸서 점동의 손에 쥐어 주었다.

"거기 동무들 만나면 주어라. 먹을 거 앞에서 독한 사람은 없는 법이다. 이 시루떡이 서양 귀신들한테서 너를 지켜 줄 거다."

점동은 할머니한테서 떡을 받아 보따리에 넣었다. 엄마는 할머니 뒤에서 눈물을 훔치며 점동에게 손을 흔들었다.

"내 자주 올 테니 엄마 건강하게 지내야 하오. 할머니, 나 금방 올 거요."

"자주 오긴 뭣 하러 자주 오니! 하나도 안 반가운 인물! 가서 사람들한테 밉보이지나 말거라!"

얼마쯤 걸었을까. 돌담길을 따라 자리 잡은 너른 기와집이 한

눈에 들어왔다. 점동의 가슴이 뛰기 시작했다. 점동이 아버지에게 말했다.

"아버지, 나 잘할 거요."

아버지가 점동의 손을 따듯하게 잡아 주었다.

"무엇이든 잘 배워라. 너는 잘할 것이다."

아버지의 눈가가 벌게졌다. 점동도 덩달아 목이 따끔거렸다. 아버지는 이내 돌아서더니 "건강하게 지내야 한다."는 말을 하고는 빠른 걸음으로 멀어져 갔다. 점동은 멀어져 가는 아버지를 보고 다짐했다.

'아버지, 내 꼭 조선의 보배가 될 거요!'

계단에 올라서니 선생님과 학당의 학생들이 나란히 서서 점동을 반겼다. 점동은 떨리는 가슴을 누르고 허리를 숙여 인사했다. 선생님이 두 팔을 벌리고 환영해 주었다.

"어서 와요! 우리는 점동을 환영해요."

학생들도 손을 흔들며 합창하듯 말했다.

"점동을 환영해요!"

선생님을 따라 넓은 마루에 올라섰다.

"저기 끝 방이 점동의 방이에요. 간난, 간난이 잘 소개해 줘요. 그럼, 잠깐 쉬다가 우리는 저녁 식사 때 만나요. 모두 점동의 방에 놀러 가도 좋아요."

점동은 간난이라는 아이를 따라 마루 끝으로 걸어갔다. 마루 끝에는 정동교회만큼은 아니지만 커다란 종이 달려 있었다.

간난이 방문을 열고 점동에게 먼저 들어가라고 손짓했다.

"많이 반갑다! 너랑 나랑 같이 쓸 방이야."

점동은 자신의 집보다 훨씬 더 깨끗하고 좋은 냄새가 나는 방에 반하고 말았다.

"이야, 방이 참 좋구나! 정말 여기를 내가 써도 된단 말이니?"

간난이 웃으면서 고개를 끄덕였다.

"그럼! 방도 좋지만 선생님도 동무들도 모두 착하고 좋아. 너도 학당을 좋아하게 될 거야."

점동은 할머니가 싸 준 시루떡을 꺼냈다.

"이따 밥 먹을 때 이거 나눠 먹어도 되니?"

간난이 웃으면서 고개를 끄덕였다.

"와, 시루떡이구나! 내가 피터한테 갖다 줄게. 그럼, 저녁 시간에 나눠 줄 거야."

그때였다. 방문을 두드리는 소리에 간난이 벌떡 일어났다. 방문을 열고 들어온 아이는 첫눈에도 일본 여자아이라는 걸 알 수 있었다. 일본 옷을 입은 단발머리 여자아이가 점동에게 손을 내밀었다.

"반갑습니다. 나는 오와카입니다."

점동은 간난을 쳐다보며 난감한 표정을 지었다. 간난이 점동에게 웃으며 말했다.

"학당에 우리 셋이 동갑 동무들이야. 오와카도, 나도, 점동도 모두 열 한 살이니 우리 친하게 지내자."

간난의 말에 점동은 어색하게 웃었다.

'일본은 철천지원수인데 왜놈의 여자아이랑 어찌 함께 지낸단 말인가.'

오와카가 나가자 점동이 간난에게 물었다.

"저 아이는 일본 사람 아니니? 어찌, 여기에 함께 있을 수 있니?"

간난이 멋쩍어 하며 말했다.

"나도 오와카를 만나기 전에는 일본 사람은 모두 나쁜 사람들인 줄 알았어. 그런데 오와카는 달라. 오와카의 아버지는 예수님도 잘 믿고, 조선 사람들에게 해 끼치는 걸 싫어한대."

점동은 그래도 뭔가 의심쩍었다. 할머니는 제복을 입은 일본 사람들을 보면 고개도 들지 말고 도망가라고 늘 말했다. 일본 군인들이 조선 사람들에게 해코지했다는 말을 심심찮게 들었기 때문이다. 그때였다. 작은 여자아이가 들어오더니 점동의 댕기머리를 휙 잡아당겼다.

"웰컴! 난 별단이야. 학당에서 내가 킹이야! 내 말을 잘 들어야 해. 별단이가 프린세스란 말이야!"

간난이가 별단을 말렸다.

"못써, 언니한테 그러면. 별단이 심술부리지 않기로 약속한 거 벌써 잊은 게니?"

별단은 입을 삐죽거리더니 방을 나가 버렸다. 간난이 고개를 저으며 말했다.

"학당에서 영어도 제일 잘하고 똑똑한 아이야. 가끔 심술을 부려 그렇지."

간난이 시계를 보더니 마루로 나가 종을 세 번 쳤다.

"저녁 식사 시간이야. 내가 종 치는 담당이거든. 우리 밥 먹으러 가자."

점동은 간난을 따라 식당으로 갔다. 간난이 시루떡을 서양 남자에게 주자 서양 남자가 고개를 끄덕이며 미소를 지었다.

간난이 식판을 들어 점동에게 내밀었다. 식판에 점동이 가져온 시루떡이 놓여 있었다.

"시루떡 잘 먹을게. 여기 있는 반찬을 먹을 만큼만 식판에 담으면 돼."

점동은 간난이 하는 것을 지켜보고 간난을 따라 식판에 밥과 반찬을 덜었다. 식판을 가지고 자리에 앉자 스크랜턴 선생님이 나타났다. 점동은 모두가 식탁에 둘러앉은 모습이 낯설기만 했다. 집에서는 아버지 혼자 상에서 밥을 먹고, 할머니와 점동이 한 상에서 먹고, 엄마는 아궁이 앞에서 먹거나 방바닥에서 밥을 먹었기 때문이다. 점동은 어른, 아이, 남자, 여자 할 것 없이 모두 한 식탁에 나란히 둘러앉아 밥을 먹는 모습이 낯설기만 했다. 선생님이 "기도합시다." 하고 말하자 모두들 두 손을 모으더니 영어로 무언가를 외우기 시작했다.

"아우어 파더, 인 헤븐, 메이 유어 네임 비 아널드……."

점동은 어리둥절한 얼굴로 학생들을 지켜보았다. 학생들은 기도가 끝나자 다 같이 식사를 시작했다. 식사가 끝나고 요리사로 보이는 서양 남자가 다가오더니 점동에게 말했다.

"많이 반갑소! 나는 요리사 피터요. 떡 잘 먹었소."

피터가 덥석 악수를 하자 점동의 얼굴이 순식간에 빨개졌다.

학당에서의 첫날 밤, 자신의 집과 비교도 안 될 만큼 깨끗하고 좋은 방에 누운 점동은 얼굴도 모르는 그분에게 속삭였다.

'아, 많이 고맙소! 나 잘할 거요!'

언니!

나 드디어 이화학당에 입학했어. 아버지가 완강하니까 할머니
도 더는 고집을 부리지 않으셨어. 아, 언니와 함께 학당을 다녔
으면 얼마나 좋았을까.

학당에 결혼한 여성 몇이 찾아왔는데 받아 주지 않았대. 하지
만 선생님들이 계속 고민하고 있다고 하셨어. 결혼한 여성도
올 수 있다고 하면 언니도 꼭 오면 좋겠어. 며칠 안 됐지만 학
당은 정말 좋은 곳이야. 선생님들도 다정하고 동무들도 정말
좋아.

서양 사람들이 어린아이들을 잡아먹는다는 소문은 순 거짓이
었어. 나는 간난이와 함께 방을 쓰고 있어. 간난이는 정말 좋
은 동무야. 간난이를 볼 때마다 언니 생각이 나. 언니처럼 나를
살뜰하게 챙겨 주는 동무야.

저녁마다 스크랜턴 선생님이 성경 이야기를 들려주는데 얼마
나 재미있는지 몰라. 선생님 앞에 옹기종기 모여 앉으면 선생
님이 우리 머리를 쓰다듬으며 이야기를 들려줘. 선생님이 다
정하게 머리를 쓰다듬어 주면 사랑받는 느낌이 들어 참 좋아.

앞으로 언니한테 보내는 편지에 성경 이야기를 적어서 보낼게. 오늘은 노아의 홍수 이야기를 적어 볼게. 언니, 나는 그런 홍수가 나서 이 세상을 다 휩쓸어 버릴까 봐 너무 무서워. 언니도 이런 이야기를 들어 본 적이 없어서 신기하고 재밌을 거야. 어제는 팬케이크라는 서양 음식을 먹었어. 조선의 떡과 비슷한 건데 갈색 빛깔이 돌고 폭신폭신 달고 맛있어. 우리에게 온갖 떡이 있듯이, 서양에는 빵이라는 것이 있는데 종류가 아주 많대. 나만 좋은 것 먹고 좋은 것 배워서 미안해. 대신, 열심히 공부해서 조선에 보탬이 되는 여성이 될 거야.

학당은 다 좋은데 한 가지 불편한 것이 있어. 학당에 일본 여자아이가 있다는 거야. 나는 그 아이를 볼 때마다 괜히 부아가 치밀어 올라. 근데 그 아이는 나를 볼 때마다 상냥하게 웃어서 더 화가 나.

언니, 나는 그 아이를 어찌 대해야 할까?

언니, 건강하게 잘 지내고 있어.

달콤 쌉싸름한
모찌

일요일 아침, 점동은 눈을 뜨자마자 습관처럼 하늘을 보며 물었다.

'하나님, 정말 나를 아오? 이 세상에는 조선 뿐 아니라 수많은 나라와 백성이 있는데 그 많은 사람들 중에 정말 나를 아오?'

매일 저녁, 스크랜턴 선생님이 들려주는 성경 이야기를 들을 때마다 가슴이 뛰었지만 문득문득 하나님이 정말 자신을 알까 의심스러웠다.

"점동아, 네 쓰개치마 다 다렸어."

간난이 건네는 쓰개치마를 받은 점동은 입을 다물지 못했다. 쓰개치마는 주름 한 줄 간데없이 빳빳했다.

"정말 잘 다렸구나. 난 늘 너한테 받기만 하는구나."

간난은 점동의 말에 손사래를 쳤다.

"가족이라고는 우리 엄마밖에 없는데 너는 나한테 좋은 동무요, 좋은 자매야. 너한테 해 줄 수 있는 게 있어 나는 기쁘다."

점동은 간난이 다려 준 옥색 쓰개치마를 들고 밖으로 나갔다. 다른 학생들은 이미 나와 있었다. 제인 선생님이 말했다.

"예배에 늦으면 안 되니까 다들 서둘러요."

예쁜 서양식 원피스를 입고 양산을 쓴 선생님들이 앞에 서고 학생들은 옥색 쓰개치마로 얼굴을 가리고는 정동교회로 향했다. 지나가는 사람들이 수군거리며 쳐다보는 게 느껴졌다. 점동은 쓰개치마를 벗어 던지고 이분들은 그런 분들이 아니라고 말하고 싶었지만 참았다. 점동도 학당에 오기 전에는 그런 생각을 가졌으니까.

정동교회에 도착하자 종탑 앞에 서 있는 아버지가 보였다. 점동은 반가운 마음에 아버지에게 달려갔다.

"아버지!"

아버지는 점동을 보고 환하게 웃었다.

"잘 지냈니? 오늘은 엄마도 따라나서 보겠다고 고집을 부렸는데 할머니가 문 앞을 지키고 서서 비켜 주질 않더구나. 억지로 왔다가 행여 할머니 쓰러질까 싶어 조금 더 기다려 보기로 했다."

점동이 아버지의 손을 잡고 말했다.

"아버지, 나도 이제 기도할 거요. 할머니 마음이 변해서 우리 식구가 다 같이 교회에서 볼 수 있기를. 아버지도 매일 기도해야 하오."

아버지가 고개를 끄덕였다.

"공부는 잘하고 있니? 얼마 전에 신서방이 교회로 찾아왔더구나. 글쎄 신서방이 장터에서 전도를 받았다지 뭐냐. 그래서 교회에 나오겠다고 하더구나. 그럼 다음 주부터 셋째도 교회에서 볼 수 있을 거다. 셋째가 교회에 온다는 말에 느이 엄마 마음이 급해졌단다. 출가한 딸을 일주일에 한 번씩 볼 수 있다니 꿈인지 생시인지 모르겠다고 하더구나."

"참말이오? 아, 정말 믿기지 않으오."

그때, 간난이 저쪽에서 손짓하는 게 보였다. 여자들은 남자들보다 먼저 예배당에 들어가야 해서 점동은 황급히 달려갔다. 텅 빈 예배당 안은 남자와 여자가 서로 볼 수 없게 커다란 병풍이 쳐 있었다. 점동은 예배당 안을 둘로 나눈 병풍이 답답하게만 여겨졌다. 점동은 친구들처럼 눈을 감고 기도를 했다.

'이 병풍이 빨리 사라져 조선의 여인들도 자유를 누리게 해 주세요…….'

예배가 끝나고 다들 교회 앞마당에 모였다.

제인 선생님이 학생들을 줄지어 세우며 말했다.

"오늘은 여러분에게 깜짝 선물이 있어요. 곧 임금님의 생신이라 장터에 구경거리가 많다고 들었어요. 오늘은 특별히 여러분에게 장터 구경을 할 수 있는 자유 시간을 주겠어요. 물론 용돈도 줄 거예요. 간식을 사 먹어도 되고, 예쁜 장신구를 사도 돼요."

점동은 너무 좋아 옆에 있던 동무 손을 덥석 잡고 소리를 질렀다. 얼굴을 돌려 보니 간난이가 아닌 오와카였다. 소스라치게 놀란 점동은 얼른 오와카의 손을 놓았다. 오와카 얼굴에 번지던 웃음이 금세 사라져 버렸다. 멋쩍은 점동은 얼른 선생님에게 달려갔다.

남대문 시장에 도착하자 길 한가운데에 옹기가 줄지어 펼쳐져 있었다. 그 길을 지나자 온갖 비단이 늘어선 포목전이 보였다. 색색의 고운 비단은 보기만 해도 어질어질했다. 시장 구석에서는 채소 장수들이 아침나절에 다 팔지 못한 배추를 싸게 판다고 외치고 있었다. 점동은 이렇게 온갖 물건이 넘치는 큰 장터는 처음이었다. 하얀 옷을 입은 사람들 물결 속에 선생님들과 학생들의 옥색 쓰개치마는 단연 눈에 띄었다.

제인 선생님이 말했다.

"오, 생각보다 훨씬 복잡하네. 자유 시간은 두 시간이에요. 상급생 세 명은 꼭 같이 다니고, 나와 뱅겔은 하급생들과 함께 다니겠어요."

점동은 곧장 옷감을 파는 곳으로 걸음을 옮겼다. 간난과 오와카도 점동을 뒤따랐다. 화려한 빛깔을 뽐내며 장대에 걸린 비단을 보고 점동이 멈춰 섰다. 바느질에는 관심이 없지만, 엄마 덕분에 좋은 옷감을 볼 줄 아는 점동이었다.

그때, 고운 옷을 입은 한 여인이 한눈에 보기에도 비싸 보이는 비단을 만지며 말했다.

"임금님 생신 잔치에 우리 아씨가 입을 옷감 좀 보려고 왔소."

"아, 이번 잔치에 불꽃놀이를 성대하게 한다고 하던데, 그 좋은 잔치에 가는 아씨는 얼마나 좋을꼬! 전에 멀리서 불꽃놀이를 본 적이 있는데 참말로 신기하더이다."

점동은 자기도 모르게 고운 비단옷을 입을 얼굴도 모르는 아씨를 상상했다.

'아, 저런 고운 옷을 입고 임금님 생신 잔치에 가는 이들이 있겠지. 신분이 천한 자는 평생 이런 빛깔 옷 한번 못 입고 죽는다니, 참 불공평하다.'

쓸쓸한 생각이 밀려들자 점동은 얼른 자리를 떴다. 옷감을 파는 거리를 지나 장신구를 파는 곳에 이르렀다. 고운 빛깔의 비녀와 알록달록한 노리개들이 점동의 눈을 사로잡았다. 점동은 넋을 놓고 구경했다. 이것저것 들어서 옷에 대보다 점동은 화들짝 정신을 차렸다.

'지금 이럴 때가 아닌데……. 그래도 하나쯤 사는 건 괜찮겠지.'

점동은 용돈을 만지작거리며 장신구를 살폈다. 오와카의 서랍 속에는 아기자기한 장신구들이 여러 개 있었다. 점동은 그것을 볼 때마다 부러웠다.

"이야, 곱다."

점동은 자신도 모르게 분홍색 노리개를 들고 외쳤다. 매듭이 예쁘게 지어진 고운 노리개였다. 간난이 옆에서 사라고 부추겼다. 노리개를 들고 한참 고민하는데 점동의 눈에 옥비녀가 들어왔다. 새색시가 된 셋째 언니한테 잘 어울리겠다는 생각이 들었다. 점동은 혼자만 학당에 다녀서 언니한테 늘 미안한 마음이었다. 점동은 돈을 꼭 움켜쥔 채 노리개와 옥비녀를 번갈아 보았다.

결국 처음 받은 용돈을 언니 선물을 사는 데 다 썼다. 오와카는 아까 점동이 골랐던 노리개와 다른 색깔의 노리개까지 두 개나 샀다. 자기 돈을 더 보태서 사는 것 같았다. 점동은 마음껏 돈을 쓰는 오와카가 부럽기만 했다. 간난은 댕기머리를 묶을 수 있는 고운 천을 하나 샀다.

"나 돈이 남았는데 이걸로 우리 간식 사 먹자."

간난의 말에 점동이 고개를 내저었다.

"난 배 안 고파. 너 갖고 싶은 걸 사. 어차피 학당에 가면 곧 저녁을 먹잖아."

옆에 있던 오와카도 고개를 끄덕였다. 간난은 고개를 세차게 내저으며 점동의 손을 잡아끌었다. 그러고는 군밤장수 앞으로 가서 군밤 한 봉지를 샀다.

"우리, 같이 먹자!"

간난이 점동의 입에 군밤을 밀어 넣었다. 고소한 군밤 냄새가 입안을 맴돌자 씹지 않을 수가 없었다. 따끈한 군밤은 정말 달고 고소했다. 점동이 간난에게 말했다.

"간난아, 다음에는 나도 맛난 거 사 줄게. 이 비녀 우리 언니 꼭 사 주고 싶어서……."

"잘했다. 나는 엄마도 멀리 계시고 선물 살 일도 없다. 너희들과 군밤 나눠 먹는 게 더 좋다."

오와카가 웃으며 말했다.

"나는 너희들이 있어서 참 좋다. 점동도 맛난 시루떡을 가져왔고 간난에게도 군밤을 얻어먹었으니 다음엔 내 차례야."

그때였다. 어디선가 비명 소리가 들려왔다. 사람들이 순식간에 소리가 나는 쪽으로 몰렸다. 호기심 많은 점동도 사람들 틈으로 슬그머니 고개를 내밀었다. 일본 순사가 한 남자아이에게 인정사정없이 발길질을 해대고 있었다. 소년의 입가에 피가 터지는데도 나서서 말리는 사람이 없었다. 점동은 열 살도 안 돼

보이는 아이가 무참하게 맞는 걸 보고만 있는 사람들이 너무 야속했다.

일본 순사가 소년을 발로 차면서 소리를 질렀다.

"감히 대일본 제국의 군인이 지나가는데 동냥질을 해? 더러운 조선놈 같으니라고!"

아이가 배를 움켜쥐고 신음하는데도 순사는 발길질을 멈추지 않았다.

'저러다 죽겠구나. 악질 일본놈!'

분노가 일었지만 나설 수 없었다. 점동은 일본 순사가 허리춤에 있는 칼을 만지작거리자 가슴이 덜컥 내려앉았다. 점동은 재빨리 제인 선생님을 찾아 나섰다. 선생님은 하급생들을 데리고 남사당패 놀이를 구경 중이었다.

"선생님, 어떤 아이가 다 죽어가도록 맞고 있는데 누구도 말려 주질 않습니다. 가서 좀 말려 주세요."

제인 선생님을 데리고 서둘러 자리로 가 보니 일본 순사는 사라지고 피를 흘리는 소년만 길가에 쓰러져 있었다. 선생님은 소년에게 다가가 손수건으로 피를 닦아 주고 일으켜 세웠다. 선생님은 주머니에서 돈을 꺼내 아이의 손에 쥐어 주었다.

"가서 치료를 하고 먹을 것을 사도록 해요."

아이는 엉겁결에 받은 돈을 보고 화들짝 놀란 표정을 지었다.

아이가 돈과 선생님을 번갈아 보자 선생님이 다시 한 번 아이의 손을 꼭 쥐었다.

"가서 치료를 하고 꼭 먹을 것을 사서 먹어요. 알았죠?"

아이는 꾸벅 인사를 하고 다리를 절룩이며 뒤돌아서 갔다. 점동의 가슴에 무어라 설명할 수 없는 먹먹함이 밀려왔다. 오와카는 아까부터 고개를 폭 숙이고 있었다. 순사와 같은 일본인이라는 사실만으로도 점동은 오와카가 미웠다. 아니, 아이가 이유 없이 맞고 있는데 말리지 못했던 자신이 더 미웠다. 참을 수 없는 부아가 속에서 치밀어 올랐다. 이 부아가 어디서부터 시작되었는지 점동은 알 수 없었다. 어쩌면, 자신이 그토록 갖고 싶었던 노리개를 오와카가 선뜻 살 때부터였는지도 모른다. 아니면 비단옷을 입은 사람들만 초대해 불꽃놀이를 한다는 임금님에게 부아가 치미는 건지도……

학당으로 돌아가는 길, 점동은 오와카와 멀찍이 떨어져서 걸었다. 학당 앞에 다다르자 일본 여자가 서 있는 게 보였다. 한눈에 봐도 고운 얼굴이었다. 오와카는 그 여자를 보고 안절부절못했다. 제인 선생님이 여자를 알아보고 다가가서 인사를 했다.

"어머 오와카 어머니, 오랜만이에요."

오와카 어머니는 허리를 깊숙이 숙여 인사를 하며 보자기를 내밀었다.

"우리 오와카가 친구들과 나눠 먹는다고 지난번부터 모찌를 만들어 달라고 떼를 썼는데 이제야 만들어 왔어요. 저녁 시간에 같이 드세요."

점동은 오와카 엄마의 얼굴을 찬찬히 쳐다보았다. 오와카 엄마는 그동안 봐 온 어느 여자보다 더 잘 웃고 착해 보였다. 도무지 아까 본 순사와 같은 일본 사람이라는 게 믿기지 않았다. 오와카는 엄마를 끌고 구석으로 갔다. 엄마가 무슨 말을 하려고 하는데도 오와카는 서둘러 엄마를 보내려고 했다. 점동은 비단옷으로 잘 차려입고 머리도 단정히 올린 오와카 엄마를 보자 또 부아가 치밀었다. 늘 기침을 해 대며 할머니한테 구박받는 엄마와 비단옷을 곱게 차려 입은 오와카의 엄마가 너무 비교돼 보였기 때문이다. 점동은 복잡한 자신의 마음을 도무지 이해할 수 없었다. 이것이 일본 순사를 향한 분노인지, 힘없는 나라를 향한 분노인지, 잘 먹고 잘 사는 오와카를 향한 시기심인지…….

저녁 시간, 식판에 오와카 엄마가 만들어 온 모찌가 하나씩 놓여 있었다. 쑥색 한지로 싼 앙증맞은 모찌는 보기에도 아까울 정도였다. 할머니가 만들어 준 시루떡과는 견줄 수도 없었다.

간난은 점동과 오와카의 눈치를 살피며 모찌를 한 입 베어 물었다.

"이야, 맛있다. 점동아, 한번 먹어 봐. 떡처럼 쫀득하고 달달하니 참 맛있어. 이건 일본의 떡인가 보다."

점동은 모찌에 눈길도 주지 않고 밥만 먹었다. 간난과 오와카는 밥을 먹는 내내 점동의 눈치를 살폈다. 이미 꼬일 대로 꼬여 버린 마음을 점동도 어찌할 수가 없었다.

밥을 먹고 방으로 가자, 앉은뱅이책상 위에 곱게 포장한 모찌와 편지 두 통이 놓여 있었다. 봉투에는 각각 점동과 간난의 이름이 쓰여 있었다. 점동은 자신의 이름이 쓰인 두툼한 봉투를 열었다. 봉투를 열자 낮에 점동이 사고 싶어 했던 노리개가 툭 떨어졌다. 봉투를 열어 본 간난도 놀라긴 마찬가지였다. 간난의 봉투에도 노리개가 들어 있었다.

"오와카는 우리 선물을 산 모양이다."

간난의 말에 점동의 마음 한구석이 찌릿해지는 것 같았다. 점동은 오와카가 쓴 편지를 펼쳤다.

'점동, 오늘 우리끼리 자유 시간을 보낸다고 해서 얼마나 기뻤는지 몰라. 하지만 일본 순사의 행패로 너희들 기분이 엉망이 된 거 정말 미안해. 나는 조선에 와서 내가 일본 사람이라는 걸 좋아한 적이 한 번도 없어. 엄마 아빠한테 나를 왜 조선으로 데려왔느냐고 여러 번 따지기도 했어. 나는 너희들과 학당에서 같이 공부하고 노는 게

좋아. 일본 사람들이 조선에 와서 나쁜 짓만 해서 너무 미안해. 점동,
네가 지난번 팬케이크가 달고 맛있다고 해서 엄마한테 모찌를 만들
어 달라고 했어. 모찌도 달고 맛있거든. 네가 꼭 맛있게 먹어 줬으면
좋겠어. 아까 장터에서 너한테 너무 어울려서 선물하고 싶어서 샀어.
네가 꼭 해 줬으면 좋겠어.'

'아, 나는 왜 이렇게 못났을까.'

점동은 오와카가 선물한 노리개와 모찌를 번갈아 보며 한숨
을 내쉬었다. 점동은 오와카의 심정을 한 번도 헤아려 보지 못
한 자신의 좁은 속내가 너무 싫었다.

'오와카가 조선을 괴롭히는 것도 아닌데……'

간난이 노리개를 들어 점동의 저고리에 대 보았다.

"많이 곱다. 오와카는 너와 친해지고 싶다는 말을 자주 한
다……."

간난이 말끝을 흐리며 점동을 보았다. 오와카와 점동 사이에
서 간난이 힘들어 한다는 걸 알면서도 점동은 쉽게 마음을 열지
못했다. 오늘은 간난을 보기가 부끄러웠다. 미안한 마음에 점동
은 모찌를 한 입 베어 물었다. 달달한 팥이 입안에 감돌자 마음
저편에서 씁쓸함이 밀려왔다.

그날 밤, 점동은 작은 종이를 펼쳐 놓고 책상 앞에 오랫동안

앉아 있었다. 오와카에게 하고 싶은 말은 많으나 막상 글로 쓰려니 쉽지 않았다.

언니!

어제는 동무들과 남대문에 가서 신나게 장터 구경을 했어. 곧 임금님 생신이라 경복궁에서 큰 잔치가 벌어진대. 그래서 그 런지 전국 각지에서 올라온 물건들이 장터에 가득했어. 우리는 선생님한테 용돈을 받아서 사고 싶은 물건을 샀어. 옥비녀를 보니 언니가 생각나서 샀어. 언니한테 잘 어울렸으면 좋겠어. 언니도 들었지? 곧 경복궁에서 엄청 큰 불꽃놀이가 벌어질 거 래. 얼마 전에는 일본 군인들이 제물포까지 밀고 들어왔대. 임 금님은 허깨비고 일본이 왕 노릇 한다고 장터 사람들이 수군 대는 것을 들었어.

나라 소문은 점점 흉흉한데 임금님은 큰 잔치를 벌인다니 나는 이게 좋아 보이지 않아.

언니, 어제 그토록 무섭게 쏟아지는 비를 보았어? 지붕이 곧 뚫릴 것처럼 비가 쏟아지는데 노아의 홍수가 생각났어. 간난 이와 나는 무서워서 벌벌 떨다 이불을 뒤집어쓰고 간절히 기 도했어. 기도를 하고 났더니 이상하게 무섭증이 다 사라졌어. 그러고는 얼마나 달게 잠을 잤는지 몰라.

언니도 무섬증이 들면 꼭 기도해. 그러면 하나님이 지켜 주실 거야.

언니, 나는 요즘 내 재능이 뭘까 찾아보는 중이야. 얼마 전에 학당에서 요리를 해 주는 피터한테 달란트라는 말을 처음 들었어. 달란트는 우리 각자에게 있는 재능이래. 피터는 음식을 만드는 달란트가 있어. 음식을 만드는 것이 재능이 될 수 있다는 게 신기해. 언니는 엄마처럼 바느질을 잘하고 살림을 잘하는 재능이 있고, 나는 어떤 재능이 있을까 생각하고 있어. 달란트를 발견하면 정말 기쁠 것 같아!

참, 이제부터 오와카를 무작정 미워하지 않기로 했어.

그동안 오와카가 일본 사람이라는 이유로 무작정 미워하기만 했거든. 일본 사람이 조선을 괴롭히지만 오와카는 우리를 괴롭히지 않는데……. 하지만 일본은 여전히 미워. 오와카를 볼 때면 여전히 내 머릿속은 복잡하지만 오와카가 나를 대하듯 나도 오와카를 대해 볼 거야. 미움이 사라지고 나니까 그동안 왼쪽 가슴을 쿡쿡 찌르던 통증이 사라졌어.

누군가를 미워하는 건 너무 힘든 일이야. 언니, 나는 참 못된 구석이 많은 아이야. 그런데도 간난이와 오와카는 늘 나한테

잘해 줘. 이제 나도 동무들에게 좋은 모습을 보여 주는 사람
이 될 거야.

언니, 건강하게 지내다 다음 주에 교회에서 꼭 만나!

꿈을
가져도 되오?

"점동, 지난번에 어머니 뜻은 어찌 되었어?"

오와카의 질문에 점동은 고개만 내저었다. 점동의 나이가 시집갈 나이를 한참 지났다고 부모님의 성화가 이만저만이 아니었다.

"교회에서 볼 때마다 시집가라고 하시니 내 마음이 너무 불편해. 나는 남자에게 관심도 없고 시집가고 싶지도 않아. 아버지가 이만하면 많이 배웠다고 학당을 나오라고 하시니 정말 걱정이야. 나는 아직 달란트 발견도 못했는데……."

간난이 점동의 등을 어루만지며 말했다.

"네가 왜 달란트가 없어. 우리 학당에서 너보다 영어를 더 잘하는 학생도 없고, 공부도 따라갈 이가 없는데. 점동이 우리와 함께 학당에 계속 있을 수 있도록 날마다 기도할게."

나날이 공부의 재미를 알아 가는 중인데, 점동은 어느 날 갑자기 아버지가 자신을 데리러 올까 봐 겁이 났다. 셋째 언니도 열두 살에 시집을 갔다. 언니가 시집가기 싫다고 울며 매달렸지만 부모님에게는 어림없는 일이었다. 점동은 그 일이 곧 자신에게 벌어질 것 같아 두려웠다.

학당 안에 여인들을 위한 병원이 생겼다. 병원이 생긴 뒤로 학생들은 보구여관으로 가서 정기 검진을 받았다. 보구여관에 들어가자 미국에서 새로 온 젊은 셔우드 선생님이 반갑게 맞아 주었다. 점동은 미혼인 선생님이 먼 이국땅까지 와서 봉사하는 걸보고 반하고 말았다.

'미국은 결혼을 안 한 여인이 다른 나라에 봉사를 하러 갈 수 있구나. 아, 결혼은 정말 싫다. 어떻게 하면 학당에서 공부를 계속할 수 있을까……'

셔우드 선생님이 학생들에게 당부를 하자 로드 와일러 선생님이 옆에서 통역을 했다.

"여러분을 만나게 돼서 정말 반가워요. 여러분이 열심히 공부하고 있다고 들었어요. 조선의 여성들은 병원에 오는 걸 많이 꺼려 합니다. 작은 상처를 치료하지 않고 미신으로 치료하려다 결국 수술까지 하는 경우가 많습니다. 제발 여러분의 이웃들에게 여성을 위한 병원이 있다는 걸 알려 주세요. 이 병원은 여성들을 위한 병원이고 여자 의사인 제가 있으니까 두려워하지 말고 오라고 말해 주세요. 저는 환자들을 기다릴 것입니다."

점동은 연설하듯 힘 있게 말하는 셔우드 선생님을 넋을 놓고 보았다.

'아, 어쩜 저렇게 당찰까. 나도 스무 살이 넘도록 시집을 가지 않아도 된다면 얼마나 좋을까.'

학당으로 돌아오는 길에 오와카가 말했다.

"새로 온 의사 선생님은 정말 멋진 여성이야. 나도 저런 여성이 되고 싶어."

간난이 고개를 끄덕이며 말했다.

"응. 선생님이 말할 때 힘찬 기운이 나오는 것 같더라."

점동은 선생님의 당참을 자신만 느낀 게 아니라서 더 좋았다. 점동은 선생님처럼 당찬 여인이 되고 싶었다.

음악 시간, 피터가 교실 문을 빠끔히 열었다.

"실례해요. 보구여관에 급하게 통역이 필요하대요. 봉선 오마니가 오늘 못 나왔대요."

평양에서 온 봉선 아주머니를 선생님들도 평양 사람들처럼 '봉선 오마니'라고 불렀다. 제인 선생님이 난감한 표정을 지었다.

"나는 수업중이라 갈 수 없고…… 자신 있는 사람 손들어 볼

래요?"

아홉 명의 학생 중 누구도 손을 드는 사람이 없었다. 그때였다. 오와카가 손을 들었다. 제인 선생님이 환한 얼굴로 말했다.

"오, 오와카?"

오와카가 고개를 내저었다.

"저는 아직도 듣는 귀가 안 열렸잖아요. 점동이 잘할 수 있을 것 같아요. 점동은 우리보다 훨씬 늦게 학당에 들어왔지만 영어 실력은 가장 좋잖아요."

제인 선생님이 점동을 보았다. 점동은 얼굴이 빨개져서 몸을 뒤로 뺐다. 그때였다. 피터가 교실로 쑥 들어오더니 점동의 팔을 이끌며 속삭였다.

"너의 달란트를 알아볼 굿 찬스야."

점동은 피터를 따라 엉거주춤 일어섰다. 보구여관에 들어서자 겁에 질린 얼굴로 셔우드 선생님을 쳐다보는 여자 환자들이 보였다.

셔우드 선생님이 점동을 반갑게 맞아 주었다.

"오, 나를 도우러 온 천사네요. 환자들에게 나는 위험한 사람이 아니라고 말해 줘요. 그럼, 첫 번째 환자부터 볼까요? 여기 손가락이 붙은 환자에게 언제 이렇게 됐는지 물어봐 줘요."

점동은 한복을 곱게 차려입은 처녀에게 다가가 물었다.

"저, 손이 언제부터 그리 됐는지 말씀해 주오."

처녀는 부끄러운 듯 손바닥에 붙어 버린 세 손가락을 다른 손으로 감추며 말했다.

"어릴 때 뜨거운 물을 엎질러 손가락이 이렇게 되었어요."

선생님이 처녀의 손을 살피며 말했다.

"이름은 무엇이고, 몇 살인지 물어봐요."

점동이 물었다.

"저, 지금 몇 살이오? 이름도 함께 말해 주시오."

처녀는 더욱 부끄러운 듯 고개를 숙였다.

"손이 이래서 시집갈 나이를 한참 넘은 열일곱 윤꽃님입니다."

셔우드 선생님이 말했다.

"미스 윤에게 잘 말해 줘요. 미스 윤은 수술을 하면 손가락을 원래대로 쓸 수 있어요. 오늘 입원을 하면 내일 수술할 수 있어요. 괜찮냐고 물어봐 줘요."

점동은 선생님의 말을 꽃님에게 전했다. 꽃님이 믿기지 않는다는 얼굴로 선생님과 점동을 번갈아 보았다. 셔우드 선생님이 고개를 끄덕이며 미소를 지었다.

꽃님이 진료실을 나가자 선생님이 점동에게 말했다.

"고마워요, 학생. 봉선 오마니가 갑자기 일이 생기는 바람에 이렇게 됐어요. 나도 조선말을 공부하는 중이에요. 앞으로 많이 가르쳐 줘요. 혹시 내일 시간 괜찮으면 내일도 와서 도와줄래요? 봉선 오마니가 내일도 어떻게 될지 몰라서."

점동은 힘껏 고개를 끄덕였다. 손바닥에 붙어 버린 환자의 세 손가락이 어떻게 원래대로 될 수 있는지 너무나 궁금했기 때문이다.

다음 날, 보구여관에 가자 셔우드 선생님은 마스크와 수술 모자를 쓰고 점동을 맞아 주었다. 봉선 아주머니는 오늘도 나오지 못했다.

"점동, 와 줘서 고마워요. 봉선 오마니가 며칠 못 나올 건가 봐요. 나를 도와 수술실에 들어갈래요? 환자가 무섭지 않도록 잘 통역해서 안심시켜 주세요."

얼떨결에 점동은 수술복을 입고 수술 방으로 들어갔다. 수술 방에는 꽃님이 누워 있었다.

셔우드 선생님은 꽃님의 팔에 마취 주사를 놓았다. 셔우드 선생님이 꽃님의 팔을 꼬집으며 조선말로 물었다.

"아파요?"

꽃님이 고개를 내저었다. 셔우드 선생님은 고개를 끄덕이며 수술을 시작했다. 선생님은 꽃님의 손바닥에 붙어 버린 세 개의 손가락을 작은 칼로 찢어 조심스럽게 떼어 냈다. 점동은 손바닥에 흥건한 피를 보고 무섬증이 들어 자기도 모르게 뒷걸음질을 쳤다.

선생님이 말했다.

"오, 놀라지 말아요. 환자에게 피를 보고 놀라지 말라고 전해 줘요. 무서우면 눈을 감으라고 하세요."

그제야 정신이 든 점동은 꽃님을 안심시키기 위해 다시 수술 대 앞으로 다가갔다. 선생님은 흰 거즈로 피를 닦으며 떼어 낸 손가락마다 부목을 대어 단단하게 맸다. 점동은 난생 처음 보는 수술이 신기하면서도 무서웠다.

손가락을 떼어 낸 손바닥은 보기에 너무 흉측했다. 선생님은 꽃님의 피부를 잡아당겨서 상처를 조금씩 덮기 시작했다. 꽃님 의 피부를 몇 번 더 잡아당기던 선생님이 고개를 저었다. 그러 더니 선생님 자신의 허벅지에 칼을 댔다. 그러고는 자신의 허벅 지 피부를 조금씩 떼어 내기 시작했다. 점동은 너무 놀라 입을 다물지 못했다. 선생님은 자신의 몸에서 떼어 낸 피부로 꽃님의 손바닥을 조금 덮었다. 선생님이 또 다시 자신의 피부를 떼어 내 려 하자 꽃님이 말렸다.

꽃님이 점동에게 애원했다.

"이보시오, 이러면 안 된다고 말해 주시오. 어찌 생살을 찢어 내 몸에 붙인단 말이오. 제발 멈추라고 하시오."

점동이 선생님의 팔을 붙자고 애원했다.

"선생님, 이러지 마세요. 이러다 큰일 납니다!"

선생님이 고개를 저으며 말했다.

"이런 방법으로 피부를 옮기지 않으면 상처가 아무는 데 매우 긴 시간이 걸려요. 게다가 보기 싫은 흉터도 남게 돼요."

점동은 어쩔 수 없다는 듯 선생님의 팔을 놓았다. 수술이 끝난 뒤, 점동은 어안이 벙벙한 채 보구여관을 나왔다.

'아, 나는 저리 못하겠어요. 어찌 생살을 찢어 남에게 준단 말인가요. 예수님이 나를 위해 십자가에서 살이 찢기고 창에 찔린 걸 알지만…… 나는 그리 못하겠어요. 저분은 진짜 예수의 제자인가 봅니다.'

다음 날, 점동의 말을 들은 학당의 선생님들은 보구여관으로 달려갔다. 선생님들은 꽃님을 위해 자신들의 피부를 기꺼이 떼어 주었다. 꽃님은 수술 하는 내내 "많이 고맙소, 내 어찌 이 은혜를 갚으리오." 하고 중얼거렸다.

그날 밤, 점동이 간난에게 말했다.

"간난아, 의사 선생님은 참 대단하더라. 흉측한 상처를 보고도 아무렇지도 않게 치료를 하니 말이야. 학당 선생님들은 어떻고. 어찌 생판 모르는 남에게 생살을 내어 줄 수 있단 말이니. 꼭 예수님을 닮았더라. 넌, 네 재능이 무엇인 것 같아?"

간난은 수틀을 내려놓고 소곤대듯 말했다.

"실은 말이야, 너만 알고 있어야 해. 웃으면 안 된다."

점동은 입술에 검지를 갖다 대고 고개를 끄덕였다.

"나, 선생님이 되고 싶어. 벵겔 선생님처럼, 친절하게 잘 가르치고, 오르간도 잘 치는 선생님이 되고 싶다."

점동은 박수를 치며 기뻐했다.

"너랑 참말 잘 어울린다. 게다가 너는 바느질도 잘하고, 예쁘게 꾸미는 것도 좋아하니 학생들이 너를 많이 따를 거다. 난, 아직 뭐가 되고 싶은지 모르겠다. 걱정이야."

간난이 고개를 내저었다.

"그게 왜 걱정이니. 천천히 찾으면 되지. 그런데, 너 오늘 조금 알지 않았니? 나보다 훨씬 늦게 학당에 들어온 네가 통역을 했잖니."

잠자리에 누운 점동은 간난의 말을 곰곰이 생각했다.

'내 재능은 통역일까?'

수업이 끝나기가 무섭게 점동은 보구여관으로 달려갔다. 보구여관에 가서 서양 의사를 무서워하는 환자들을 안심시키기도 하고 선생님의 말을 통역하다 보면 시간이 금세 갔다. 점동은 짬짬이 셔우드 선생님에게 조선말을 가르치는 일도 했다. 파

란 눈의 선생님이 자신이 가르쳐 주는 말을 노트에 꼼꼼히 적는
걸 볼 때 점동은 말할 수 없는 기쁨을 느꼈다.

환자들은 치료를 받고 돌아갈 때마다 "많이 고맙소." 하고 인
사를 했다. 선생님은 점동의 조선말 수업이 끝날 때마다 점동
의 손을 잡고 "많이 고맙소." 하고 인사를 했다. 점동은 열정적
이고 유쾌한 선생님과 보내는 시간이 그 어느 때보다 즐겁고 행
복했다.

"돈도 안 받고 치료를 해 주니 이 은혜를 어쩌면 좋소."

치료를 받고 돌아간 환자들은 꼭 다시 와서 감사를 전했다.
달걀이나 보리쌀을 들고 오거나 콩 한 줌을 들고 오는 사람들도
있었다. 사람들은 점동의 손을 잡고 셔우드 선생님에게 고마운
마음을 전해 달라고 부탁했다. 점동은 사람들의 마음을 선생님
에게 전해 주는 것만으로도 가슴이 벅찼다.

'의사는 병만 고치는 게 아니구나! 꽃님이 언니뿐 아니라 치
료받은 사람들의 얼굴빛이 달라진 걸 봐. 정말 행복한 얼굴이야.
의사는 참말로 귀한 직업이구나.'

그날 밤, 잠자리에 누운 점동은 낮에 셔우드 선생님이 학장님
에게 했던 말을 떠올렸다.

'여성을 위한 의료 사업은 여성의 손으로 해야 해요. 이대로
는 안 돼요. 조선의 여성들은 아직도 병원에 오는 걸 꺼려 해서

쉽게 고칠 수 있는 상처도 중병이 되기 일쑤예요. 이제 조선에서 여성 의사들을 키워야 해요.'

그 말을 듣는 순간 점동은 가슴이 빠르게 뛰는 것을 느꼈다.

'조선에서 여성 의사를 키워야 해요.'

세차게 고개를 흔들면 흔들수록 선생님의 말이 귓가를 맴돌았다.

'가당치 않다. 조선에서, 그것도 여자가 의사가 된다니, 가당치 않다. 당장 아버지가 나를 시집 보내면 그만인걸.'

눈물이 볼을 타고 흘러내렸다. 점동은 혹여 간난이 깰까 봐 입술을 꾹 깨물고 눈물을 삼켰다.

'가당히 않다, 가당치 않아……. 헛된 것은 마음에 자리 잡지도 말아야 한다.'

언니!

배 속에 있는 아기는 잘 크고 있지? 주일날 언니가 임신했다는 소식을 아버지한테 듣고 얼마나 기뻤는지 몰라. 언니는 언제쯤 우리와 함께 예배드릴 수 있을까?

형부는 예배당에 나오는데 시부모님이 언니를 못 가게 한다니 너무 속상해. 우리 할머니도 그랬으니까 이해하지만, 그래도 너무너무 속상해. 언니가 정말 많이 보고 싶어.

할머니가 새벽마다 언니에게 아기가 생기길 기도한다고 하더니 응답이 됐네. 그렇게 서양 귀신을 미워하던 할머니가 교회에 나오다니 그게 기적이지?

참, 얼마 전에는 셔우드 선생님과 홀 박사님의 결혼식이 있었어. 조선에서는 장례식 때만 입는 흰옷을 서양 사람들은 결혼식날 입는대. 선생님은 꼭 하늘에서 내려온 천사처럼 고왔어. 홀 박사님과 셔우드 선생님이 모두가 보는 앞에서 입을 맞췄는데 얼마나 놀랐는지 몰라. 남자와 여자가 입 맞추는 걸 난생 처음 본 나와 동무들은 얼굴이 많이 붉어졌어.

서양에서는 조선처럼 어른들이 맺어 주는 사람과 결혼하지 않고 결혼할 사람을 스스로 선택해도 된대. 조선에서는 시집가는 날 밤에야 신랑 얼굴을 보는데 서양과 조선은 참 다르지? 나는 굳이 고르라면 서양의 결혼 방식이 더 좋은 것 같아.

서양에서는 결혼하면 남편의 성을 따라야 해서 셔우드 선생님을 홀 부인이라고 불러. 우리가 새로운 호칭을 어색해하니까 선생님이 편한 대로 부르라고 했어.

언니, 난 아직도 결혼할 마음이 없는데 어떻게 해야 할까. 요즘 자꾸 아버지가 나를 데리러 오는 꿈을 꿔. 학당 동무들은 울고, 나는 생전 처음 보는 사람에게 시집을 가는 꿈이야. 언니, 제발 그런 일이 생기지 않도록 기도해 줘. 나는 언니처럼 순종적인 여자로 살 자신이 없어.

귀한 지식을 배웠는데 한 남자의 아내로 살면서 그걸 묵혀 두는 게 옳은 일일까? 이미 조선에서 시집갈 나이가 지났다면 그냥 이대로 살게 해 주면 안 될까? 언니가 부모님을 설득해 줘. 그리고 나를 위해서 기도해 줘. 내 마음을 터놓고 이야기할 수 있는 언니가 있어서 참 감사해.

언니도, 배 속에 있는 우리 조카도 건강하길 기도할게.

은밀한
해골 수업

　1교시 수업 전에 셔우드 선생님이 상급반에 들어왔다.

　"저는 오늘 여러분의 도전을 위해 왔어요. 제가 조선에 온 지 2년이 지났어요. 그동안 조선에 살면서 느낀 건, 이제 조선의 여성들이 일어나야 할 때라는 겁니다. 여성을 위한 의료 사업은 여성의 손으로 해야 합니다! 자원하는 학생들에게 저는 약물학과 생리학을 가르치려고 합니다. 지금 제 말이 여러분의 가슴을 뛰게 한다면 당장 신청해 주세요. 기다리겠습니다."

　그날 밤, 점동은 간난이 깨지 않도록 조심스럽게 일어나 무릎을 꿇었다.

　"조선의 이 작은 내가 꿈을 가져도 되오……"

　늦은 밤까지 잠이 오질 않았다. 점동은 새로운 학문을 배울 생각에 설레어 잠을 이룰 수 없었다.

다음 날, 점동은 제일 먼저 교실에 들어가 셔우드 선생님의 첫 수업을 기다렸다.

"여러분과 함께 수업을 시작하게 돼서 매우 기뻐요. 이 수업이 여러분의 진로를 결정하는 데 큰 도움이 되기를 바랍니다."

선생님이 사진을 보여 주었다.

"여기 다양한 의료 기구 사진이 있어요. 의료 기구의 이름과 사용법을 알면 환자를 치료하는 일이 훨씬 쉬워져요."

선생님은 사진을 보이며 하나하나 설명해 주었다. 다른 학생들은 모두 영어로 된 이름이 어렵다는 표정이었다. 하지만 점동은 모든 것이 신기하고 재밌기만 했다. 수업이 끝나고 오와카가 다가왔다.

"나는 약제실에서 약 이름 외우는 게 훨씬 재미있어. 의료 기구들은 약보다 발음이 훨씬 더 까다롭고 어려운 것 같아. 점동은 어때?"

점동은 붉게 상기된 얼굴로 필기한 노트를 보이며 말했다.

"많이 재밌어! 다음 수업이 기대돼! 선생님이 소독법을 알려 주신다고 했잖아. 그럼, 보구여관에서 내가 환자들을 소독해 줄 수도 있을 거야. 아, 생각만 해도 신나는구나!"

"나는 약제실에 있을 때 가장 좋은데. 약 냄새가 너무 좋거든!

신기하다. 너는 이 수업이 재밌는 모양이구나."

수업이 거듭될수록 점동은 생리학 수업에 푹 빠져들었다. 수업 시간마다 꼼꼼히 적은 노트가 점점 두툼해지고 있었다.

어느 날 오후, 여자아이를 등에 업은 여인이 보구여관에 급하게 들어섰다. 아이 엄마는 점동을 보자마자 붙잡고 다급하게 물었다.

"언청이도 고칠 수 있다는 것이 참말이오? 소문을 듣고 전라도에서 한성까지 왔는데 그게 참말이란 말이오? 우리 딸이 동네에서 하도 놀림을 받아 이제 문밖을 나가려고 하지도 않는다오."

점동은 봉선 아주머니를 보고 난감한 표정을 지었다. 봉선 아주머니는 여인에게 고개를 끄덕이며 말했다.

"수술하면 원래대로 돌아올 수 있습니다. 조금만 기다리세요."

대기하고 있던 환자들에게 성경을 읽어 주던 꽃님이 아이 엄마에게 자신의 손을 보였다. 꽃님은 의심하는 환자들이 올 때마다 자신의 손을 보이며 사람들을 안심시켰다. 점동은 봉선 아주머니를 데리고 구석으로 갔다.

"언청이는 날 때부터 생긴 병인데 그것도 고칠 수 있습니까? 저리 말했다 괜히 선생님이 해코지 당하면 어쩝니까?"

봉선 아주머니가 웃으면서 말했다.

"벌써 몇 명을 고치셨단다. 정 안 믿어지면 오늘 수술 방에 직접 들어가 봐."

점동은 의심쩍은 얼굴로 수술 방으로 들어갔다. 조선에서 언청이로 태어난 여인은 시집가는 것을 포기해야 했다. 사람들이 날 때부터 몹쓸 귀신에 씌어서 그런 거라고 수군거렸기 때문이다. 점동은 봉선 아주머니 대신 수술을 도우러 수술 방으로 들어갔다.

수술이 시작되었다. 셔우드 선생님은 입술이 반으로 갈라져 보기 흉하게 위로 올라간 환자의 입술을 칼로 찢었다. 피가 흐르는 것을 보고 점동은 찔끔 눈을 감았다. 그러고는 다시 눈을 부릅떴다. 무서웠지만 어떻게 언청이가 고쳐지는지 알고 싶은 마음이 더 컸다. 점동은 얼른 다가가 거즈로 환자의 피를 닦았다. 선생님은 그런 점동을 보고 눈을 찡긋하며 말했다.

"점점 용감해지는 점동이 마음에 들어!"

칭찬 때문인지 점동은 더 용기가 났다. 내친김에 소독 솜으로 상처 부위를 닦아 내기까지 했다. 선생님은 노련한 동작으로 입술을 꿰매기 시작했다. 수술은 의외로 간단했다. 수술이 끝나고 셔우드 선생님이 점동을 보며 웃었다.

"퍼펙트!"

아이는 며칠 뒤 언청이였다고 믿기지 않을 만큼 흉터 하나 없이 말끔하게 바뀌었다. 아이 엄마는 선생님에게 몇 번이고 큰절을 했다.

"많이 고맙소! 평생 시집도 못 가고 혼자 살 팔자였는데 이 은혜를 어찌 갚는단 말이오. 많이 고맙소. 참말로 고맙소."

선생님은 아이 엄마를 일으켜 세워 조선말로 말했다.

"예수님께 감사하세요. 예수님이 저에게 이런 재능을 주셨답니다."

여인이 휘둥그레진 눈으로 선생님을 보며 감탄했다.

"아니, 서양 사람이 조선말을 어찌 이리 잘하십니까!"

'선생님은 똑똑해서 그런지 조선말도 금방 배우네.'

점동은 선생님의 조선말 배우는 실력에 매번 감탄했다. 특히, 환자들이 고마워할 때마다 예수님에게 감사하라는 말은 조선 사람만큼이나 발음이 좋았다.

그날 밤, 점동은 간난에게 언청이 수술에 대해 자세하게 얘기해 주었다.

"꽃님이 언니 손가락 수술도 혀를 내두를 일이었는데 언청이 수술은 더 믿기지 않았다. 어찌 그리 빨리 수술을 끝낼 수 있다니. 게다가 평생 시집도 못 갈 언청이를 흉도 없이 고칠 수 있는 게 말이 되니! 나는 아직도 가슴이 마구 뛴다."

수술 이야기를 전해 듣는 간난의 얼굴도 상기되었다.

"참, 의학은 신기하구나. 너는 보구여관에 다녀오면 항상 들떠 있는 것 같아. 그곳이 너랑 잘 맞는가 보다."

점동은 간난에게 마음을 들킨 것 같아 얼굴이 붉어졌다.

"오와카는 약을 짓는 일이 행복하대. 그래서 선생님은 오와카를 꼬마 약제사님이라고 불러. 하지만 나는 약을 짓는 일은 재미가 없어. 오히려 선생님을 도와 환자의 상처를 소독하고 치료해 주는 게 훨씬 더 재미있어. 환자들이 치료되는 걸 보면 기쁨이 차올라."

간난이 고개를 끄덕였다.

"오래전부터 짐작하고 있었어. 너, 의사가 되고 싶구나?"

점동은 숨이 멎는 것 같았다. 오랫동안 마음속을 맴돌고 있었던, 차마 말할 수 없는 꿈이었다. 조선에서 여자가 의사가 된다는 것은 꿈도 꿀 수 없는 일이었기 때문이다. 제중원에서 조선 남자 몇 명이 의학 수업을 받고 있다는 말은 들었지만 아직 조선인 의사는 없었다.

"정말 내가 그런 꿈을 가져도 될까? 이 조선 땅에서 말이야."

간난은 점동의 손을 잡으며 말했다.

"난 벌써 그렇게 기도하고 있는걸? 나는 좋은 선생님이 되고, 너는 셔우드 선생님 같은 의사가 되게 해 달라고. 너는 누구보다 좋은 의사가 될 거야."

점동은 간난의 말에 큰 위로를 받았다. 자신의 마음을 이토록 잘 알아주는 동무가 있다는 사실이 행복했다.

어느 날, 수업 시간에 셔우드 선생님이 인체의 구조에 대해 설명을 하다 혼잣말을 했다.

"어디서 해골을 구할 수 없을까……."

점동은 해골이라는 말에 화들짝 놀랐다.

"해골이요?"

선생님이 멋쩍게 웃으며 고개를 끄덕였다.

"해골이 있다면 여러분이 인체에 대해 더 빨리 이해할 수 있을 텐데. 그림을 보면서 이해하기는 한계가 있거든."

그날 밤, 점동은 간난과 오와카를 긴밀히 불러 도움을 요청했다.

"전에 아버지가 한강을 따라 내려가면 떠돌이들의 해골이 굴러다니는 곳이 있다고 했어. 우리, 수업 시간에 쓸 해골을 구하러 가는 건 어떠니. 해골이 있으면 인체에 대해 훨씬 잘 알 수 있다니 좋은 일 아니니!"

오와카와 간난이 겁에 질린 얼굴로 동시에 외쳤다.

"해골?"

며칠 뒤, 세 사람은 학생들이 잠자리에 들자 몰래 학당을 빠져나왔다. 해골을 쌀 커다란 보자기도 챙겼다. 오와카도 점동과 간난처럼 쓰개치마를 둘러썼다. 사람들 눈에 띄지 않기 위한 점동의 생각이었다.

오와카가 쓰개치마 속에서 조그맣게 말했다.

"밤에 우리끼리 나오니까 재미있다. 나도 너희들처럼 쓰개치마를 써 보고 싶었어. 우리 놀다가 늦게, 늦게 들어가자."

점동이 단호하게 고개를 내저었다.

"한강까지 갔다 오려면 한참이야. 그럴 시간이 없다. 우리 아버지가 그러는데 해골은 으슥한 데에 있다더라."

간난의 목소리가 떨렸다.

"귀, 귀신이 나오는 건 아니겠지?"

점동은 무서워하는 간난의 뒤로 가서 와락 끌어안으며 장난을 쳤다. 화들짝 놀란 간난이 뒤로 나뒹굴자 점동은 얼른 간난을 일으켜 세웠다.

"잠깐 장난치려고 했는데 그렇게 놀라면 어떡하니."

얼마쯤 걸었을까, 날카로운 목소리에 세 사람이 멈춰 섰다.

"조선의 여자들이 이 밤중에 어디를 가는 길이지?"

일본 순사가 길을 가로막았다. 점동이 순사를 피해 고개를 숙이자 순사는 더 가까이 다가와서 점동의 쓰개치마를 잡아당기며 희롱했다.

"야심한 밤에 어딜 가려고 했는지, 나랑 같이 가서 조사를 받아야 할 것 같은데?"

점동이 부들부들 떨고 있을 때, 오와카가 쓰개치마를 벗고 일본말로 순사에게 말했다.

"나는 이화학당 학생이고, 우정회사 사장 우에와라 상의 딸이오. 여인을 희롱하는 것은 명예롭지 못한 일이오."

순사는 당황한 듯 얼버무리며 점동의 쓰개치마에서 손을 떼었다.

"이 조선 여자들도 이화학당 학생이오?"

"그렇소!"

오와카의 대답에 순사는 의심스러운 눈초리로 말했다.

"아무리 우에와라 상의 딸이지만 야심한 밤에 돌아다니는 조선 여자들을 감싸는 것은 용납할 수 없소. 내가 직접 이화학당에 가서 확인해야겠소."

점동은 순사에게 잡혀 갈까 봐 잔뜩 겁을 먹었다. 순사를 따라 이화학당 앞에 도착했다. 순사는 부서져라 학당 문을 두드렸다. 학당의 일을 도와주는 봉식이 아재가 나왔다가 세 사람을 보고는 벵겔 선생님을 불러왔다. 벵겔 선생님은 당황한 얼굴을 거두고 차분하게 순사에게 물었다.

"우리 학생들인데 무슨 일이지요?"

순사가 말했다.

"야심한 밤에 조선의 여자들이 활보를 하고 다녀서 말이오. 일본 여성 말고 이 두 여자가 이곳 학생이 맞소?"

벵겔 선생님이 고개를 끄덕이자 순사는 허리춤에 찬 칼집을 돌돌 돌리며 겁을 주었다.

"한 번만 더 야심한 시각에 돌아다니는 것이 발각되면 그때는 통행 법을 어긴 죄를 톡톡히 받게 될 것이오. 오늘은 우에와라 상의 따님 덕분인 줄 아시오."

순사가 돌아가자 벵겔 선생님이 무서운 얼굴로 세 사람에게 말했다.

"내 방으로 모두 가자."

세 사람은 벵겔 선생님이 입을 열 때까지 가만히 있었다. 벵겔 선생님은 이마에 손을 얹고 한참이나 있다가 입을 열었다.

"허락도 없이 한밤중에 학당을 왜 나간 거지? 너희들이 나가면 선생님이 지켜 줄 수도 없잖아."

점동이 무릎을 꿇었다.

"내 잘못입니다. 내가 해골을 구하러 가자고 동무들을 꼬드 겼습니다."

"해골?"

벵겔 선생님이 놀란 표정으로 되물었다.

"해골이 있으면 인체 구조를 이해하는 데 훨씬 도움이 된다고 해서 말입니다."

벵겔 선생님은 어이가 없다는 얼굴로 점동을 보았다.

"말도 안 돼. 그래서 겁도 없이 해골을 구하러 나갔단 말이야?"

세 사람은 다시는 허락 없이 학당을 나가지 않겠다는 반성문을 쓰고 벵겔 선생님 방을 나왔다.

선생님 방을 나오는데 점동은 이상하게 웃음이 나왔다. 오와카도 간난도 마찬가지로 웃음을 참느라 얼굴이 빨개졌다. 마침내, 복도 끝에 있는 방에 들어간 세 사람은 웃음이 터지고 말았다. 실컷 웃고 난 점동이 말했다.

"순사한테 들켜서 계획이 실패하긴 했지만 해골을 구하러 나간 우리는 참 용감했다. 그렇지?"

두 사람이 키득거리며 고개를 끄덕였다.

며칠 뒤, 셔우드 선생님이 점동을 불렀다. 그것도 보구여관이 아닌, 선생님의 방으로. 점동은 설레는 마음으로 선생님의 방에 갔다. 아기 셔우드가 점동을 보고 활짝 웃었다. 셔우드는 얼마 전에 봤을 때보다 훌쩍 커 있었다. 노란 머리에 파란 눈동자를 가진 서양 아기가 점동의 눈에는 마냥 신기하기만 했다. 선생님을 따라 방으로 들어간 점동은 아기자기한 장식품들과 액자가 진열된 방을 신기한 듯 구경했다.

장식장 위에 처음 보는 작은 장식품들이 나란히 놓여 있었다. 장식장 아래에는 미국에 있는 가족들 사진이 가지런히 놓여 있었다. 점동은 셔우드 선생님의 어린 시절 사진을 보고 놀란 눈으로 말했다.

"참 신기합니다. 어찌 선생님 어릴 때도 사진을 찍을 수 있었습니까? 미국은 참말 신기한 나라 같습니다."

셔우드 선생님은 사진 속에 있는 가족들을 한 사람 한 사람 소개해 주었다. 선생님과 홀 박사님의 결혼사진을 본 점동은 감탄이 절로 나왔다.

"결혼식 날도 많이 고왔는데 사진으로 보니 더 곱습니다. 조선에서는 사람이 죽을 때 흰옷을 입는데 조선과 서양은 참 많이 다른 것 같습니다."

선생님이 웃으며 고개를 끄덕였다.

"우리도 조선에 와서 모든 게 새롭고 재미있어. 서양과 동양은 참 다르지. 점동은 나중에 조선식으로 결혼식을 할 거야?"

느닷없는 선생님의 질문에 점동의 얼굴이 빨개졌다.

"모릅니다. 저는 시집을 안 갈 겁니다."

선생님이 웃으며 말했다.

"뱅겔 양에게 얘기 들었어. 해골을 구하려고 학당을 몰래 빠져나갔다는 것 말이야."

점동은 선생님까지 이 사실을 알고 있는 것이 부끄러워 고개를 숙였다.

"너희들의 열정에 감동해서 배재학당에서 생리학을 가르치는 선생님에게 사람을 보냈더니 이렇게 인체 골격 모형을 보내 줬어. 아직도 우리가 조선의 아이들을 잡아먹는다고 생각하는 사람이 많으니 수업 시간에 공개적으로 보여 주면 안 된다고 하는군."

선생님이 단단하게 묶은 보자기를 풀며 말했다.

"한 명씩 내 방으로 불러서 인체 골격을 설명해 줄 거야. 가장 열성적으로 수업에 참여하는 점동에게 제일 먼저 보여 주고 싶어서 불렀어. 우선 머리 부분이야. 머리 부분을 보면……."

점동은 선생님이 설명해 주는 것을 하나도 빠뜨리지 않고 노트에 적었다. 선생님은 마치 많은 학생들이 모여 있는 것처럼 열정적으로 설명을 해 주었다. 설명을 마친 선생님이 멋쩍은 표정을 지었다.

"너무 열심히 설명을 했나? 우리 셔우드가 나를 이상하게 쳐다보는걸?"

점동이 돌아보니 아기 셔우드가 선생님을 빤히 쳐다보고 있었다.

"셔우드는 좋겠어요. 벌써부터 의학 수업을 들으니 말이에요."

선생님이 셔우드의 머리를 쓰다듬으며 미소를 지었다.

"우리 아기가 커서 어떤 일을 할지 모르겠지만, 우리 셔우드가 하는 일이 많은 사람들을 돕는 일이었으면 좋겠다고 기도하고 있어."

가만히 듣고 있던 점동이 용기를 내서 물었다.

"선생님은 어떻게 의사가 되셨어요?"

생각에 잠긴 듯, 선생님이 한참 만에 입을 열었다.

"난 아주 많이 아픈 아이였어. 병원에 자주 가야 했고 죽을 고비도 여러 번 넘겼지. 너무 아파서 고통스러운 밤이었어. 나를 간호하던 엄마는 내 손을 잡고 잠들어 있었어. 엄마가 나 때문에 잠도 못 자는데 아프다고 깨울 수가 없었어. 한밤중에 혼자 일어나 기도를 했어. 날 살려 주신다면 많은 사람들을 고치는 의사가 되고 싶다고. 그 뒤로 나는 기적처럼 건강해졌고, 의사가 되었지."

점동은 이렇게 당차고 씩씩한 선생님이 아픈 아이였다는 사실이 믿기지 않았다. 점동이 다시 물었다.

"헌데, 선생님은 어떻게 조선에 오셨어요?"

셔우드 선생님이 미소를 지었다.

"감사해서. 아프지 않고 아침에 눈을 뜨는 게 너무 좋았어. 그래서 나처럼 아픈 사람들에게 아프지 않고 눈을 뜨는 아침을 선물하고 싶었어. 조선에 아픈 사람은 많은데 의사가 부족하다는 얘기를 들었어. 그래서 조선에 오고 싶었지. 조선에 와서 정말 행복해. 내 손을 잡고 많이 고맙다고 눈시울을 붉히는 사람들이 좋고, 학당의 학생들이 참 좋아."

점동의 가슴이 다시금 뛰기 시작했다.

'아프지 않고 눈을 뜨는 아침……'

점동은 먹먹해진 가슴을 부여잡고 선생님 방을 나왔다.

'아, 나도, 나도…… 꿈을 가져도 되오……'

언니!

나는 요즘 자주 가슴이 뛰어. 시도 때도 없이 가슴이 뛰고, 어느 때는 가슴이 먹먹해 주책없이 눈물이 나. 꿈이 있다는 것만으로 내 가슴이 이리 뛴다는 게 신기해. 하지만 아버지가 나를 데리러 와서 시집을 보내 버리면 다 끝이야.

며칠 전에는 서양의 명절인 '크리스마스'를 보냈어. 처음 듣는 말이라 이상하지? 조선에 설과 추석이 있듯, 서양에는 예수님의 탄생을 기념하는 크리스마스라는 큰 명절이 있대. 선생님들이 모두 모여서 우리들을 위해서 크리스마스 잔치를 열어 주었어. 피터와 봉식이 아재가 뒷산에 가서 커다란 소나무를 베어 와서 항아리에 심었어. 우리는 선생님이 나눠 준 알록달록한 장식품들을 나무에 걸었어. 마지막으로 피터가 소나무에 전구를 달자 번쩍번쩍 불이 나오는 거야.

내가 이렇게 말해 줘도 가슴이 잘 안 되지? 언니에게 크리스마스 트리를 보여 줄 수 있다면 얼마나 좋을까! 트리에서 번쩍번쩍 불이 나올 때마다 나도 모르게 마음이 들떴어. 우리가 트리 주위에 동그랗게 앉아 있는데 갑자기 빨간 옷을 머리끝부터 발

까지 입은 사람이 나타났어. 빨간 옷에 하얀 수염을 단 사람은
커다랗고 빨간 보따리를 들고 있었어.

우리에게 다가온 그 사람은 "메리 크리스마스."라는 인사를 하
며 선물을 나눠 주었어.

서양에서는 크리스마스에 빨간 옷을 입고 선물을 나눠 주는 사
람을 산타 할아버지라고 부른대. 난생 처음 산타 할아버지에
게 선물을 받아서 얼마나 신기했는지 몰라. 나중에 우리 조카
들한테 크리스마스 명절을 알려 주고 선물을 주는 이모가 되
고 싶어.

참, 요즘 많이 어지럽다고 했지? 선생님이 그러는데 임신을 하
면 철분이 부족해서 그렇대. 소 간을 구할 수 있으면 소 간을
먹고, 검은콩과 채소를 많이 먹는 게 좋대.

언니, 난 새해에 세례를 받기로 했어. 아버지가 언제 데리러 올
지 모르니 세례를 미리 받는 게 좋을 것 같아.

언니랑 마주 앉아 한없이 이야기를 나누고 싶은 밤이야.

언니, 몸조리 잘하고 있어. 또 연락할게.

아무것도
두려워하지 않을 거야!

"이스라엘이 위기에 빠졌을 때 죽으면 죽으리라는 고백으로 나라를 구했던 에스더 왕비처럼 점동이 위기에 빠진 조선에 보배 같은 사람이 되기를 기도합니다."

세례식이 끝나자 간난과 오와카가 직접 만든 꽃다발을 들고 다가왔다.

"점동아, 아니 에스더! 세례 받은 거 축하해!"

점동은 에스더라는 세례명이 마음에 꼭 들었다. 그동안 자신이 기도했던 것처럼 힘없는 조선에 보탬이 되는 사람이 되고 싶은 소망이 더 간절해졌다. 점심은 특별 메뉴라는 말에 하급생들이 식당으로 우르르 달려갔다. 점동은 텅 빈 마당에 서서 학당을 둘러보았다. 처음 학당에 왔던 때가 떠오르자 가슴이 벅차올랐다. 아버지 뒤에 숨어 두려움에 떨던 그때와 많은 것이 달라져 있었다.

'아무것도 두려워하지 않을 거야.'

그날 오후, 보구여관이 쉬는 날인데도 점동은 책보를 들고 보구여관에 들어섰다. 셔우드 선생님이 언제든 드나들 수 있는 열쇠를 주었기 때문이다. 점동은 환자들이 가득한 보구여관도 좋지만, 아무도 없는 보구여관에서 혼자 생각에 잠기는 것도 좋아했다.

점동은 봉선 아주머니의 자리에 앉아 앞으로 자신의 인생에 펼쳐질 일들을 가만히 생각해 보았다. 요즘 들어 부쩍 혼인을 하라고 성화하는 아버지, 여인으로 태어났으면 한 남자의 그늘 아래 있어야 한다고 노래하듯 애원하는 어머니, 그 옆에서 눈을 찔끔 감으며 아버지의 뜻을 따르라고 눈짓하는 할머니가 떠올랐다.

'학당에 언제까지 있을지 모르니 있는 동안 최선을 다해야지.'

점동은 책보를 풀러 노트를 꺼냈다. 셔우드 선생님에게 배운 것들이 빼곡하게 적혀 있었다. 첫 장부터 찬찬히 읽었다. 잠자리에 누우면 머릿속에 노트가 펼쳐질 정도로 외웠지만 점동이 할 수 있는 건 노트를 보고 또 보는 것밖에 없었다.

'내가 정말 의사가 되는 날이 올까? 의사가 되지 않아도 좋다.

시집을 가지 않고 셔우드 선생님을 돕는 일만 할 수 있어도 소원이 없으련만…….'

그때였다. 요란하게 문을 두드리는 소리에 정신이 번쩍 들었다. 쉬는 날에 보구여관 문을 두드리는 일은 처음이었다. 점동은 얼른 문을 열어 보았다. 문 앞에는 머리가 산발이 된 한 여인이 흐느끼며 서 있었다. 여인의 옷 군데군데 피가 묻어 있었다. 점동은 처참한 몰골을 한 여인을 얼른 데리고 들어왔다. 점동은 제대로 걷지 못하는 여인을 부축해서 환자용 침대에 눕혔다. 여인의 얼굴에 든 시퍼런 멍을 본 점동은 가슴이 미어지는 것 같았다. 짐작이 갔지만 점동은 조심스럽게 물었다.

"어디서 이리 되신 겁니까……."

여인은 점동의 손을 부여잡고 간절하게 애원했다.

"귀신보다 용하다는 의사가 있다고 들었습니다. 그 의사는 굿을 해도 못 낫는 병을 낫게 해 준다고 들었습니다. 제, 제발…… 아들 하나만 낳는 약을 주십시오. 돈은 어떻게 해서든 마련해 보겠습니다. 제발, 아들 하나만 점지해 주시오……."

점동은 기가 막혀 아무 말도 나오지 않았다. 여인의 옷을 들추어 보니 몸 곳곳에 멍이 들었고, 종아리는 찢어져 피가 흘러 굳어 있었다. 점동은 서둘러 셔우드 선생님 집으로 달려갔다. 아기와 쉬고 있던 선생님은 환자가 왔다는 말에 곧장 보구여관으로 달려왔다. 선생님은 여인의 상처를 보고 한숨을 쉬었다.

"일단 상처 부위를 소독해 줘. 그러고 나서 차분히 살펴보자."

점동은 상처를 소독하기 위해 여인의 옷을 벗겼다. 여인의 몸은 성한 데가 한 군데도 없었다. 날카로운 것에 베인 듯한 흉도 곳곳에 보였다. 이 여인이 아들을 낳지 못한다는 이유로 얼마나 많은 학대를 받았는지 몸이 말해 주고 있었다. 점동은 아들을 낳지 못해 괴로워하는 여인의 심정을 누구보다 잘 알기에 눈물을 삼키며 상처를 소독했다.

남편이 던진 술병에 맞아 찢어진 여인의 종아리는 열다섯 발이나 꿰매야 했다. 선생님이 치료를 끝내자 여인이 또 점동을 붙잡고 애원했다.

"어차피 치료해도 아들을 낳지 못하면 또 이럴 거요. 제발 아들 낳는 약 하나만 점지해 주시오."

점동은 여인의 손을 붙잡았다.

"아들을 낳는 약은 이 세상에 없습니다. 어떤 무당도 아들을 낳게는 못해 줍니다. 그러니 쓸데없이 굿판에 돈을 쓰지 마세요. 아주머니의 남편은 정말 너무합니다. 어찌 이렇게까지 할 수 있단 말입니까……."

여인의 사연을 들은 선생님이 갑자기 왕진 가방을 챙겼다.

"가세요. 제가 집까지 같이 가겠습니다."

영어를 못 알아듣는 여인이 점동을 멀뚱히 쳐다봤다. 점동도 선생님이 무슨 생각으로 그 집에 가는지 알 수가 없었다. 점동이 집으로 안내해 달라고 하자 여인은 하는 수 없이 앞장섰다. 여인이 휘청거리자 점동은 얼른 여인을 부축했다.

"서양 의사를 데려오면 남편이 또 어떤 행패를 부릴지 모르는데 어찌합니까."

"걱정 마세요. 선생님한테 무슨 생각이 있는 것 같습니다."

얼마쯤 갔을까, 허름한 집에 도착했다. 마당에는 살림살이가 나뒹굴고 있었고, 방에서는 고래고래 소리 지르는 남자의 소리가 들렸다. 여인이 겁에 질려 몸을 떨자 셔우드 선생님이 당차게 문을 열었다.

"당장 나오시오!"

서양 여자가 조선말로 호통을 치자 남자는 술이 덜 깬 얼굴로 눈을 끔벅거렸다. 선생님이 다시 한 번 큰 소리로 말했다.

"임금님의 명이니 당장 나오시오!"

남자는 임금님이라는 말에 황급히 마당으로 달려 나와 엎드렸다. 셔우드 선생님은 왕진 가방에서 한자가 가득 적힌 두루마리를 펼쳐 보이며 점동에게 말했다.

"지금부터 내 말을 잘 통역해. 여인을 폭행하는 자는 가차 없이 주사를 놓으라!"

점동은 선생님의 말을 그대로 호통 치듯 전했다. 임금님이라는 말에 놀랐는지 남자는 덜덜 떨기까지 했다. 선생님이 주사기를 들더니 순식간에 남자의 팔에 놓았다. 눈 깜짝할 사이에 벌어진 일에 남자는 넋이 나간 듯 고꾸라졌다. 점동도 놀라기는 마찬가지였다.

선생님이 점동을 보며 말했다.

"이 남자 겁을 좀 줘야겠어. 이제 이 남자는 아내를 때릴 힘이 없다고 전해 줘. 그 힘을 다 빼는 주사를 놔 버렸다고. 아내를 때리려고 분을 내면 남자의 수명이 줄어들 거라고 겁주면서 말해 줘."

선생님의 말을 듣는데 가슴이 뻥 뚫리는 것 같았다. 점동은 선생님처럼 당당하고 힘찬 말투로 남자에게 말했다.

"이제 아저씨는 주사를 맞았기 때문에 아주머니를 때릴 힘이 사라졌습니다. 혹, 아주머니를 때리려고 분을 내면 아저씨의 살날이 줄어들 겁니다. 이 주사가 그런 주사랍니다."

남자는 자신이 당장 죽기라도 할 것처럼 두려움에 덜덜 떨었다.

"사, 살려 주시오. 사, 살려 주시오. 임금님, 살려 주십시오."

겁에 질린 남자는 마당을 데굴데굴 구르며 울부짖었다.

"이, 이보시오! 나 좀 살려 주시오!"

마당을 나서는데 여인이 절뚝거리며 따라나섰다.

"이보시오. 저 사람 저대로 어찌 되는 건 아니지요?"

점동이 여인의 손을 붙잡았다.

"아무 걱정 마세요. 아저씨는 아무렇지 않을 겁니다. 아주머니가 안되어서 우리 선생님이 겁을 준 거랍니다. 대신, 아저씨한테 사실대로 말하지 마세요. 그래야 아주머니가 편히 살 수 있습니다."

여인은 몇 번이나 고맙다는 인사를 하며 고개를 숙였다.

보구여관으로 돌아오는 길, 점동은 선생님의 엉뚱함에 그제야 웃음이 나왔다.

"선생님, 그런 생각은 어떻게 하셨습니까?"

"지난번에 의사들이 모였을 때, 한 선생님이 알려 줬어. 환자 중에 남편한테 너무 많이 맞는 여인이 있어서 오늘처럼 겁을 주고 주사를 놔 버렸대. 그 뒤로 그 남자가 일찍 죽을까 봐 폭력을 휘두르지 않더래. 그 선생님 말이 생각나서 한번 해 봤지. 한동안은 아내를 때리지 못할 거야."

점동은 다시 한 번 의사는 병자만 살리는 것이 아니라는 생각이 들었다. 그 여인이 앞으로 남편에게 시달리지 않는다면 여인뿐 아니라 자식들까지도 편해지는 것일 테니까.

학당에서 보내는 날들이 빠르게 지나가고 있었다. 어느새 점동은 열일곱이 되었다. 아버지는 점동의 결혼을 더 이상 미룰 수 없다며 혼처를 알아보고 다녔다. 결혼하기 싫다는 점동의 말은 부모님에게 통하지 않았다. 점동은 아버지가 학당에 자신을 데리러 와서 강제로 시집을 보낼까 봐 두려웠다. 그날이 언제 닥칠지 모르기에 점동은 학당에서의 하루하루를 허투루 보내지 않고자 다짐했다.

수업을 마치고 보구여관에 들어서자 셔우드 선생님이 다급하게 왕진 가방을 챙기고 있었다. 선생님은 점동을 보자마자 반가운 얼굴로 외쳤다.

"오, 마침 잘 왔어! 점동, 나와 함께 가자! 참, 거즈 넉넉하게 챙기자!"

밖으로 나가니 커다란 가마가 기다리고 있었다. 딱 봐도 지체 높은 사람들이 타는 가마 같았다. 점동은 선생님을 따라 조심스럽게 가마에 올라탔다.

'내 평생 이런 가마를 타는 날이 오는구나.'

마냥 신기해서 가마 안을 두리번거리는데 선생님이 말했다.

"상처 부위가 크고 고름도 있다고 들었어. 수술을 해야 할 상황이 될지 모르니 놀라지 말고 침착하게 잘 보조해 줘."

갑자기 큰 임무를 받은 점동은 힘차게 고개를 끄덕였다. 선

생님 옆에서 무엇이든 도울 수 있다면 돕고 싶었다. 가마가 땅
에 닿자마자 선생님은 황급히 가마에서 내렸다. 으리으리한 대
문 두 개를 지나서 작은 대문을 또 지나자 아씨가 있다는 별채
가 나왔다.

별채 마당에서는 무당이 굿을 하고 있었다. 점동은 춤을 추며
작두 주위를 맴도는 무당을 보고 혀를 찼다. 왕진을 갈 때마다
종종 굿판을 마주쳤기에 선생님도 익숙한 듯 말했다.

"부탁해!"

점동은 주인마님으로 보이는 여인에게 다가갔다.

"당장 굿을 멈추지 않으면 환자를 진료할 수 없습니다."

주인마님이 어쩔 수 없다는 얼굴로 말했다.

"우리는 굿도 해 보고 서양 의사도 부르고 할 수 있는 것은 다
해 보는 참이오. 멀쩡했던 딸이 저리 됐으니……."

"굿판이 벌어지면 수술하는 데 집중할 수 없습니다. 어찌하
시겠습니까?"

주인마님은 어쩔 수 없다는 듯 무당을 불러 세웠다. 무당이 점
동에게 욕을 하는데도 점동은 신경 쓰지 않았다. 점동은 주인마
님에게 당부를 했다.

"감염이 될 수 있으니 절대 문을 열고 들어오시면 안 됩니다.
꼭 지키셔야 합니다."

고개를 주억거리며 주인마님이 하소연을 했다.

"용하다고 해서 불렀소. 꼭 우리 딸을 살려 주시오. 멀쩡했던 아이가 시집갈 나이가 돼서 갑자기 저리 됐으니. 어미에게도 몸을 보여 주지 않아요. 귀신에 씌지 않고서 어찌 이럴 수 있습니까."

방으로 들어가자 비단옷을 입은 여인이 누워 있었다. 선생님은 왕진 가방을 열고 진료를 준비했다. 점동이 여인에게 다가 갔다.

"진료를 보기 위해 치마를 올리겠습니다."

여인은 수치스럽다는 듯 얼굴을 벽으로 돌렸다. 치마를 올린 점동은 고약한 냄새에 얼굴을 찌푸렸다. 하지만 환자의 어떤 상처를 보더라도 인상을 찌푸리면 안 된다는 선생님의 말이 떠올라 얼른 얼굴을 폈다.

여인의 허벅지 안쪽에 손바닥만 한 종기가 있었다. 고름이 터지고 생기고를 반복했는지 보기도 흉할 뿐더러 고약한 냄새까지 났다.

선생님이 종기를 보며 말했다.

"처음부터 이렇게 크지 않았을 거야. 점동이 물어봐 줘."

점동이 여인에게 묻자 여인이 고개를 끄덕였다.

"함부로 누구에게 몸을 보여 줄 형편이 아닌지라…… 참고 견디면 좋아질 줄 알았습니다. 제 계집종이 서양 의사 소문을 들고 하도 졸라서 어머니께 부탁했습니다."

선생님이 마스크를 쓰며 말했다.

"당장 수술해야 해. 점동, 준비해 줘."

점동은 바닥에 하얀 천을 깔고 수술 도구를 가지런히 놓았다. 선생님은 여인의 허벅지에 마취 주사를 놓았다. 그러고는 칼로 종기를 찢었다. 점동이 가져간 거즈를 다 쓸 만큼 고름을 계속 짜냈다. 고름을 다 짜내고 소독을 한 뒤에 선생님이 말했다.

"살이 뼈 가까이까지 썩어 들어갔어. 이 지경이 될 때까지 의사를 만나지 않았다니……. 통증이 심했을 텐데. 조금만 더 늦게 왔으면 뼈까지 썩어 들어갈 뻔했어. 썩은 부위를 도려내는 수술을 해야 해. 수술하면 허벅지 안쪽이 좀 패이긴 하겠지만 건강하게 지낼 수 있다고 얘기해 줘. 마취 주사를 놨지만 그래도 많이 아플 거야. 수술하는 동안 통증을 잘 참아 내면 금방 좋아질 거라고 말해 줘."

점동은 안타까운 심정으로 선생님의 말을 전했다. 여인은 눈물을 훔치며 고개를 끄덕였다. 선생님은 침착하게 수술을 했다. 살이 썩어 들어간 부분을 도려내는 일은 쉽지 않았다. 점동은 선생님의 이마에 땀이 맺힐 때마다 조심스럽게 닦았다. 여인은 고통스러운지 천을 입에 물고 신음 소리를 냈다. 점동은 여인의 손을 잡아 주며 용기를 주었다.

"거의 다 됐습니다. 이제 꿰매기만 하면 되니 조금만 더 참으시오."

봉합 수술까지 마친 선생님이 점동을 보고 쌩긋 웃었다.

"퍼펙트! 수술은 잘 됐다고 전해 줘. 살이 썩어 들어갔으니 통증이 심했을 테고, 걷는 게 힘든 건 당연해. 꿰맨 부위가 잘 아물 때까지 소독만 잘 하면 된다고 말해 줘."

여인은 점동의 말을 들으며 한없이 울기만 했다.

"많이 고맙습니다. 어머니에게도 부끄러워 보일 수가 없었습니다. 죽을병이라고만 생각했는데……. 많이 고맙습니다."

점동은 피와 고름이 묻은 거즈를 치우고 방 안을 깨끗하게 닦았다.

"되도록 사람들이 이 방에 드나들지 못하게 하십시오. 수술 부위에 물이 닿지 않게 물수건으로만 몸을 닦으세요. 내일 다시 소독하러 들르실 거예요."

밖으로 나가자 여인들이 정화수를 떠 놓고 빌고 있었다. 주인 마님이 점동에게 달려왔다.

"우리 딸은 살 가망이 있소?"

"수술이 잘 끝났습니다. 선생님이 내일 또 소독하러 들르실 거예요. 꿰맨 자국만 잘 아물면 문제없습니다. 걱정 마세요."

주인마님의 얼굴이 환해졌다.

"세상에, 많이 고맙소. 이 은혜를 어찌하면 좋을지. 우리 주인 나리가 꼭 보답을 할 겁니다."

점동은 의사에게 몸을 보이길 꺼려 하는 조선의 여인들이 안타까웠다.

'쉽게 고칠 수 있는 병이 중병이 되기까지 의사를 찾아가지 않으니 어쩌면 좋을까……'

돌아오는 가마 안에서 점동이 선생님의 손을 잡고 말했다.

"선생님, 조선에 와 주셔서 고맙습니다. 선생님이 오셔서 많은 여인들이 병에서 낫고 있습니다. 많이 고맙습니다."

"고맙긴, 내가 고맙지. 서양 사람을 만나길 꺼려 하는 여인들이 너무 많아. 조선에서도 여성을 치료할 수 있는 여의사가 나와야 해!"

점동의 가슴이 다시 두근거리기 시작했다. 자신이 그런 여의사가 되고 싶었지만 도무지 희망이 보이지 않았다. 선생님과 이야기를 나누다 보니 금세 보구여관에 다다랐다.

가마에서 내리자 학당 앞에 아버지가 서 있었다. 점동은 놀란 가슴을 진정시키고 아버지에게 다가갔다. 아버지는 점동의 인사도 받지 않은 채, 굳은 얼굴로 말했다.

"더는 안 된다. 이제 더 이상 너를 이렇게 내버려둘 수가 없다.

가자."

점동이 고개를 내저었지만 아버지를 이길 수 없었다. 갑자기 벌어진 상황에 선생님도 점동을 보낼 수밖에 없었다. 점동은 그렇게 아버지 손에 이끌려 집으로 갔다.

마당에 들어서자 엄마와 할머니가 초조한 얼굴을 한 채 서 있었다.

"이것아, 그러니 진즉 애비 말을 들으면 좀 좋니."

할머니가 점동의 손을 이끌고 방으로 들어갔다. 점동은 아직도 꿈인지 생시인지 분간이 가질 않았다. 마당에서 아버지가 엄한 소리로 말했다.

"이렇게까지 하지 않으면 네 고집을 꺾을 수 없기에 이리 했다. 혼처도 들어왔으니 시집갈 준비를 해라. 우리는 네가 잘 배워서 좋은 혼처로 시집가 고생하지 않고 살길 바랐다. 우리 집이 언감생심 그런 대단한 집과 어찌 사돈을 맺을 수 있겠니."

아버지의 생각은 완고했다. 점동은 이대로 학당에 돌아가지 못한 채 얼굴도 모르는 이에게 시집갈 수는 없다고 생각했다.

'나도 내 생각을 당당하게 말할 거야!'

점동은 사흘 동안 물 한 모금 마시지 않았다. 엄마와 할머니가 아무리 애원을 해도 점동의 고집은 꺾이지 않았다.

사흘째 되던 밤, 보다 못한 아버지가 점동을 일으켜 세웠다.

"쇠심줄마냥 질긴 고집을 어디다 쓸꼬. 그래, 이렇게 고집을 부려 어쩔 작정이냐? 지금도 혼기가 꽉 차서 걱정인데 더는 미룰 수 없다!"

점동은 힘겹게 숨을 몰아쉬며 대답을 했다.

"일단 학당으로 돌아가겠습니다. 조금 있으면 선생님이 평양으로 진료 활동을 떠나십니다. 떠나시기 전에 인사하고 제 앞날을 선생님과 의논하겠습니다."

엄마는 아까부터 들고 있던 죽을 점동 앞에 다시 내밀었다. 할머니는 옆에서 아버지를 설득했다.

"아범, 저 계집 고집을 누가 꺾어. 저러다 참말로 처녀 귀신이 될까 늙은 할미 애간장이 다 녹네. 에미도 밥 한술 못 뜨고 저 계집만 보고 있잖은가."

아버지는 옷자락을 휘날리며 자리에서 벌떡 일어났다.

"계집아이를 학당에 보낸 내 죄가 크다. 가서 인사만 하고 돌아오너라."

언니!

정옥이는 잘 크고 있지? 정옥이를 한번 안아 보면 참 좋으련
만. 언니와 정옥이가 교회에 오면 그럴 수 있을 텐데.

얼마 전에는 우리 학당 일을 돕는 점례 아주머니가 딸을 낳았
어. 나는 선생님 옆에서 아주머니의 출산을 도왔어. 아주머니
는 진통이 시작된 지 이틀 만에 아기를 낳았어. 나는 진통이 그
렇게 고통스러운지 몰랐어. 엄마도 그렇게 힘들게 우리를 낳
았겠지. 언니도 정옥이를 힘들게 낳았을 테고…….

아기가 나오자마자 선생님이 가위로 탯줄을 자르라고 했어. 엄
마와 아기가 연결된 탯줄을 자를 때 정말 가슴이 뭉클했어. 선
생님이 아기의 손가락 발가락이 열 개인지 세어 보고 울음소
리를 확인한 뒤 내가 목욕을 시켰어. 갓 태어난 아기가 꼬물꼬
물 움직이는데 그저 눈물만 났어. 우리 정옥이도 태어나서 이
런 모습이었겠구나 생각하니까 더 감동이었어.

헌데, 아주머니는 또 딸을 낳았다고 서운해서 울었어. 아주머
니를 보는데 우리 엄마가 생각이 났어. 조선에서도 딸을 낳았
다고 기뻐할 날이 오긴 올까?

언니, 요즘 내 마음이 너무 착잡해. 아버지가 결국 학당으로 찾아왔었어. 혼처가 세 군데나 있다고 그중에 가문 좋은 양반 댁으로 시집을 가라는 거야. 내가 꼭 결혼을 해야 한다면 나는 예수님을 믿는 남자와 하고 싶어. 언니는 내 마음을 이해하지? 아버지가 마음을 바꾸지 못하시는 게 너무 안타까워. 그동안 셔우드 선생님께 의학을 배우면서 얼마나 행복했는지 몰라. 조만간 선생님은 홀 박사님이 있는 평양으로 떠나신대. 내가 선생님을 따라 평양으로 갈 수만 있다면 얼마나 좋을까? 선생님들도 보조할 수 있는 사람이 있으면 더 수월할 텐데.

언니, 시간이 지날수록 점점 내 꿈에 확신이 서고 있어. 나는 의사가 되어서 아픈 사람들의 몸과 마음을 치료해 주고 싶어. 그러려면 공부를 계속해야 하는데, 시집을 가면 모든 게 물거품이 되겠지? 어떻게 하면 꿈을 붙들고 살 수 있을까? 순간순간 두려워. 그러나 겁먹은 채로 살지는 않을 거야.

언니, 나를 위해 기도해 줘.
내가 꿈을 꼭 이룰 수 있도록 나를 위해 기도해 줘.

전쟁이
남긴 것들

"선생님, 마음을 굳혔습니다. 부모님은 박유산 그의 가문이 좋지 않다고 반대하시지만 무조건 부모님 뜻만 따를 수는 없습니다. 꼭 결혼을 해야 한다면 저는 예수님을 사랑하는 그분과 하겠습니다."

셔우드 선생님의 얼굴에 미소가 가득했다.

"오, 잘 결정했어! 홀에게 당장 전보를 쳐야겠다."

점동은 이른 아침 셔우드 선생님에게 자신의 결심을 알리고 학당을 나왔다. 아버지가 학당까지 찾아온 것을 본 셔우드 선생님은 남편 홀 박사의 조수로 있는 박유산을 소개했다. 점동은 아버지가 정한 혼처와 예수님을 잘 믿는 청년을 두고 며칠 동안 고민했다. 막상 결심이 서고 나니 두렵지 않았다. 점동은 두 주먹을 불끈 쥐고 집을 향해 걸었다. 마당에 들어서자 엄마가 걱정스런 얼굴로 맞아 주었다.

"그래, 결심이 섰니? 이번에는 아버지 마음을 시끄럽게 하지 말아야 한다. 그동안 학당에서 공부하게 해 준 것도 어디니. 점동아, 나는 네가 보통 여자로 살기를 바란다. 시집갈 나이가 한참이 지났는데 아직까지 고집만 부리면 어쩌니."

점동은 엄마를 다독인 뒤 방으로 들어갔다. 엄마와 할머니도 곧 점동을 따라 들어왔다. 아버지는 다른 때처럼 점동을 보고 웃지 않았다. 점동은 아버지 앞에 무릎을 꿇었다.

"저는 남자를 좋아하지 않을 뿐 아니라 바느질도, 음식도 잘 못합니다. 그러나 우리의 관습은 누구나 결혼을 해야 합니다. 박씨의 얼굴은 본 적이 없지만 예수님을 잘 믿는 사람이라면 그와 결혼을 하겠습니다."

엄마가 눈물을 글썽이며 말했다.

"이렇게 많이 배우고 똑똑한 우리 딸이 어째 마부나 하던 이에게 시집을 간단 말이냐. 너보다 나은 사람에게 시집을 가야 하지 않겠니, 응?"

아버지가 고개를 휙 돌리며 말했다.

"그자는 아버지 말고 혈육도 없으니 고아나 매한가지 아니냐. 지체 높은 집에서 네가 배웠다는 이유로 며느리를 삼겠다면 발 벗고 환영할 일인데 그걸 어찌 모르니."

부모님 말을 가만히 듣고 있던 점동이 입을 열었다.

"저는 계속 공부를 하고 싶습니다. 제가 공부하는 걸 가문 좋은 집에서 허락해 줄까요? 박씨는 제가 선생님에게 계속 배울 수 있게 돕겠다고 했습니다. 남자만 귀히 여기는 조선에서 그런 청년이 또 있을까요?"

아버지는 한동안 아무 말이 없었다. 할머니가 아버지 눈치를 살피며 말을 꺼냈다.

"아범이 저 어린 것을 학당에 보낼 때 여자도 배워야 한다고 하지 않았니. 여자가 배우니까 저렇게 되는구나. 나도 점동이가 아범이 마련한 혼처에 시집가기를 바랐지만 어쩌겠니. 저 고집을 누가 꺾어. 그동안 배운 것도 아깝지 않니. 그 청년이 점동이를 잘 돕는다고 한다면 아범이 한번 만나 보는 건 어떠니."

아버지는 아무 말도 하지 않고 밖으로 나갔다. 할머니는 점동을 보며 눈을 찔끔거렸다. 아버지가 어느 정도 허락했다는 뜻인 것 같았다. 엄마는 끝내 눈물을 보였다.

"나는 너만은 고생하지 않고 살기를 바랐는데 아무것도 없는 자에게 시집을 간다니 가슴이 미어지는구나. 점동아, 한 번만 더 생각하면 안 되니? 그는 방 한 칸 없는 무일푼에 기댈 부모도 없지 않니. 당장 신접살림은 어디다 차린단 말이냐."

점동은 엄마의 손을 꼭 잡았다.

"엄마, 그는 가진 것은 없지만 좋은 사람이라 들었소. 나는 선생님을 따라 평양에 가서 의료 봉사를 할 수 있는 것이 꿈만 같으오. 당장 선생님을 따라 평양으로 갈 텐데 우리에게 집과 살림살이가 무슨 필요가 있단 말이오."

엄마는 눈물을 훔치며 애원하듯 말했다.

"그렇게 떠돌아다니며 사는 것이 어디 사는 것이니. 지금이라도 마음을 고쳐먹으면 정녕 안 되는 것이니? 점동아, 이 어미를 생각해서 한 번만 마음을 고쳐먹으면 안 되겠니?"

점동은 말없이 고개를 내저었다. 그러고는 엄마를 힘껏 끌어안았다. 엄마는 참았던 울음을 쏟아 냈다. 점동이 할 수 있는 일이라곤 엄마가 울음을 그칠 때까지 기다리는 것밖에 없었다.

'우리는 편히 쉴 집도, 고운 장식장도 없지만 마음만은 이미 부자라오. 우리의 이 마음을 엄마도 언젠가 알 날이 올 거라 믿으오.'

학당에 돌아가자 간난과 오와카가 기다리고 있었다. 점동은 동무들의 손을 잡고 방으로 들어갔다.

"부모님은 어쩔 수 없이 허락하실 것 같아. 아버지가 그분을 만나 보겠다고 하셨어."

오와카가 자기 일처럼 기뻐하며 말했다.

"정말 잘됐다. 그럼, 선생님을 따라 평양에 갈 수 있겠구나. 너를 잘 이해해 줄 수 있는 사람과 결혼하게 돼서 다행이야."

"이제 우리 각자의 길을 가는구나."

간난이 고개를 푹 숙였다. 점동이 간난의 손을 잡았다.

"네가 학당에 남아서 얼마나 든든한지 모른다. 큰언니로서 동생들을 잘 지도하고 가르쳐 주어야 한다."

며칠 뒤, 아버지가 점동의 결혼을 정식으로 허락했다. 점동은 학당과 집을 오가며 결혼을 준비했다. 셔우드 선생님과 평양에 갈 날을 맞춰야 했기 때문에 결혼식을 서둘렀다. 간난과 오와카도 점동의 결혼 준비를 여러모로 도와주었다.

엄마는 점동이 입을 옷을 지으며 자꾸 한숨을 내뱉었다.

"나는 아직도 아쉽기만 하구나. 너처럼 똑똑하고 많이 배운 아이가 아무것도 없는 사내에게 시집을 간다니."

점동은 엄마를 꼭 안아 주었다.

"나는 엄마처럼 살림이나 바느질이 재밌지가 않으오. 좋은 가문에 시집가서 그런 일을 억지로 하라고 하면 답답해서 어찌 사오. 엄마, 나는 좋아하는 공부를 계속하고 의료 봉사를 할 수 있다는 게 얼마나 좋은지 모르오. 엄마도 이제 축복해 주오. 그리고 이 결혼 허락해 줘서 정말 고맙소. 엄마와 아버지한테 많이 미안하오. 아버지가 학당에 날 데려다줄 때 그랬다오. 나라에 보탬이 되는 사람이 되라고. 열심히 배워서 꼭 그런 사람이 되리다."

따뜻한 오월의 햇볕이 내리쬐는 날, 정동교회에 이화의 학생들과 선생님들이 모였다. 점동의 결혼식을 축하하기 위한 자리였다.

"뷰티풀! 점동, 아름다워!"

화장한 점동을 보고 선생님들이 감탄한 듯 외쳤다. 점동은 처음 해 보는 화장이 어색해서 자꾸만 얼굴에 손이 갔다. 제인 선생님이 점동의 손을 붙들고 고개를 내저었다.

"안 돼. 만지면 화장 지워져. 예뻐, 점동!"

언니도 한마디 거들었다.

"곱다, 정말 곱다. 점동아, 잘 살아야 한다. 네가 시집을 간다니 왜 이렇게 눈물이 나니."

드디어, 결혼식이 시작되었다. 점동은 아버지의 손을 잡고 천천히 걸어갔다. 저 앞에 새신랑이 점동을 기다리고 서 있었다. 점동은 부끄러워서 고개를 들지 못했다. 목사님의 주례가 끝나고 피아노 연주에 맞춰 결혼 행진을 했다.

결혼식이 끝나고 점동은 간난과 오와카를 만났다. 이화학당은 졸업식이 따로 없었다. 결혼을 하면 자연스럽게 학당을 졸업하는 것이었다. 점동은 이제 학당에서 동무들과 함께 지낼 수 없다는 생각에 목이 멨다.

동무들의 손을 꼭 잡고 점동은 눈물을 글썽였다.

"너희들이 있어서 얼마나 좋았는지 모른다. 내 동무들이 되어 줘서 고맙다. 많이 고맙다."

간난이 눈물을 훔치며 고개를 끄덕였다.

"너와 같이 학당을 다녀서 나도 참 행복했다. 잘 살아야 한다. 몸은 떨어져 있지만 날마다 널 생각하며 기도할 거다. 잘 살아야 한다."

며칠 뒤, 점동은 가족들에게 인사를 하고 평양으로 떠났다. 셔우드 선생님이 점동과 유산을 보며 흐뭇한 미소를 지었다.

"두 사람이 함께 가니 얼마나 든든한지 몰라. 환자들이 많아 쉴 틈이 없을 텐데 괜찮겠어?"

점동은 힘 있게 고개를 끄덕였다.

"끄떡없습니다. 최선을 다해서 두 분을 돕겠습니다."

평양에 가까이 이르렀을 때, 한 무리의 사람들이 손을 흔들며 다가왔다. 처음 보는 서양 여자를 구경하기 위해 나온 사람도 많았다.

서양 여자가 평양에 왔다는 소문이 곳곳에 파다하게 퍼졌다. 갑자기 서양 여자와 서양 아기를 구경하겠다는 사람들이 구름 떼같이 몰려왔다. 홀 박사님은 엄청난 인파를 어찌하지 못하다가 궁리 끝에 사람들에게 외쳤다.

"오늘은 일단 짐을 정리해야 하니, 내일 오세요! 내일 오면 제 아내와 아이를 볼 수 있게 하겠습니다."

다음 날, 점동은 대문 밖에서 웅성대는 소리에 나갔다가 화들짝 놀라 문을 닫았다. 셔우드 선생님과 아기를 보기 위해 엄청난 사람들이 몰려왔기 때문이다. 홀 박사님은 어쩔 수 없다는 듯 나가서 외쳤다.

"열 사람씩 한 조가 되어 들어오십시오. 한꺼번에 들어오면 우리 마당이 좁아서 다 들어올 수 없을 뿐더러 아기가 놀랍니다."

유산은 사람들을 한 조씩 만들어서 집 안으로 들여보냈다. 선생님은 어린 셔우드를 안고 마당 한복판에 서 있었다. 한 조를 이룬 사람들은 낯선 서양 여자와 서양 아기를 보면서 다들 한마디씩 했다.

"세이웃은, 꼭 개를 닮았다. 조선에서 파란 눈은 개 말고 없지?"

사람들은 낯선 영어 발음이 어려워 셔우드를 '세이웃'이라고 불렀다. 점동은 조선말을 다 알아듣는 선생님이 언짢을까 봐 눈치를 살폈다. 하지만 선생님은 인상 한 번 쓰지 않고 모든 사람에게 활짝 웃으며 말했다.

"아픈 사람이 있으면 꼭 병원에 오라고 전해 주세요. 우리는 아픈 사람을 고치는 의사예요."

조선말을 또박또박 하는 선생님을 보고 사람들은 귀신을 본 것마냥 화들짝 놀라 대문을 빠져나갔다. 짓궂은 아이들은 홀 박사님의 갈색 수염이 신기하다며 잡아당기기까지 했다. 무례한 아이들 때문에 점동은 화가 났지만 박사님은 오히려 아이들과 장난을 치며 수염을 만져 보게 했다.

드디어 평양에서의 진료가 시작되었다. 점동은 셔우드 선생님과 함께 가마를 타고 진료소로 향했다. 진료가 시작되자마자 환자들이 들이닥치기 시작했다. 점동은 환자들한테서 눈을 떼지 않은 채 이리저리 다니며 조수 역할을 침착하게 해냈다. 진료소 밖에서는 서로 먼저 치료받겠다고 싸우는 환자들 틈에서 유산이 진땀을 뺐다.

"내가 양반인데 상놈보다 늦게 진료를 받는 게 말이 되나? 이 나라 조선에 그런 법은 없지, 암!"

양반들이 자기가 먼저 진료를 받겠다고 할 때마다 유산은 질서에 대해 설명했다.

"저희 진료소는 무료 진료소입니다. 선생님들은 양반이나 천민 가리지 않고 모든 사람을 평등하게 진료합니다. 그러니 싸우지 말고 온 순서대로 줄을 서십시오. 무조건 온 순서대로 줄을 선 사람만이 진료를 받을 수 있습니다. 그 질서를 따를 수 없다면 진료를 받을 수 없습니다."

진료로 눈코 뜰 새 없이 바쁜 어느 날, 한성에서 전보가 날아왔다.

'평양에서 러시아와 일본의 전쟁이 있을 거라고 함. 닥터 홀과 함께한 모든 사람들은 급히 한성으로 돌아오기 바람.'

홀 박사님은 전보를 들고 한참이나 고민했다. 많은 환자들을 두고 평양을 떠날 수가 없었다. 하지만 선교부의 명령이라 거역할 수도 없었다. 이번만큼은 홀 박사님도, 셔우드 선생님도 선교부의 명령을 따라서 평양을 떠나기로 했다.

평양에서 곧 전쟁이 일어날 거라는 소식에 점동은 가슴이 미어지는 것 같았다.

'조선을 차지하기 위해서 일본과 청나라가 우리 땅에서 전쟁을 하다니. 이렇게 억장이 무너지는 일이 어디 있을까!'

한성으로 돌아온 점동은 집이 없어 남편과 함께 보구여관 숙소에 딸린 작은 방에서 지냈다. 낮에는 진료소 일을 보느라 바쁜 점동을 위해 유산은 틈틈이 집안일을 도맡아 했다. 점동은 그런 남편에게 그저 고맙고 미안할 뿐이었다.

"미안해하지 마시오. 내가 당신을 위해 할 수 있는 게 있어서 기쁘오. 나는 당신이 선생님과 함께 환자들을 진료하는 모습이 참 자랑스럽소."

어느덧 평양에서 전쟁이 끝났다는 소식이 들려왔다. 날마다 평양 소식에 귀를 기울이던 홀 박사님은 당장 짐을 꾸리기 시작했다. 셔우드 선생님은 임신 초기여서 평양으로 따라갈 수가 없었다. 설상가상으로 전쟁이 끝난 평양에 전염병까지 돌고 있다는 소식이 들려왔다. 선교부에서는 전염병 때문에 평양으로 돌아가도 좋다는 허락을 쉽게 내려 주질 않았다. 홀 박사님과 함께 유산도 떠나야 했기에 점동은 마음의 준비를 했다.

"전염병이 돌면 일손이 많이 필요할 겁니다. 당신이 박사님을 도와 그곳 환자들을 잘 돌봐 주세요. 특별히 몸조심해야 합니다."

드디어 선교부에서 평양으로 돌아가도 좋다는 허락이 떨어졌다. 점동은 남편의 짐을 싸며 마음으로 기도했다.

'홀 박사님과 제 남편을 지켜 주세요. 그곳에서 의사를 기다리는 환자들을 지켜 주시고 힘없는 조선을 지켜 주세요.'

홀 박사님과 남편을 배웅하고 돌아오는 길에 점동이 물었다.

"서운하지 않으세요?"

셔우드 선생님은 씩씩한 표정을 지으며 어깨를 으쓱했다.

"이별의 아픔은 우리가 선택한 삶의 일부야. 홀은 한평생을 환자들을 도우며 살 수 있는 것이 가장 감사한 일이라고 했어. 그러니 나도 기쁘게 보내 주어야지. 물론, 배 속에 있는 아기는 아빠와 함께 있고 싶겠지만. 점동이야말로 서운하지 않아?"

"저도 괜찮아요. 남편도 저처럼 박사님을 돕는 걸 기뻐하니 감사해요."

점동은 하루 일과가 끝날 때마다 평양에 있는 남편을 생각하며 기도했다. 평양으로 떠난 남편은 가끔 전보를 통해 소식을 보내는 게 다였다.

토요일 아침, 선생님이 점동을 찾았다.

"점동! 왕진 가방에 약 좀 챙겨 줘!"

급한 환자가 있다는 소식을 받고 나가려던 찰나, 다급하게 문을 두드리는 소리가 들렸다.

"선생님! 홀, 홀 박사님이 왔습니다!"

왕진 가방을 챙기던 점동은 남편의 목소리에 깜짝 놀라 문을 열었다. 유산이 힘없이 축 늘어진 홀 박사님을 부축한 채 서 있었다. 점동은 황급히 유산과 함께 홀 박사님을 부축해 침대에 눕혔다.

홀 박사님은 셔우드 선생님을 애틋한 눈길로 바라보았다.

"건강할 때 돌아와 아내를 만나는 게 얼마나 행복한 일인지는 이미 알고 있었지만, 병이 났을 때 집에 돌아와 눕는다는 것도 얼마나 편한가를 알게 되었소."

좀체 눈물을 보이지 않는 선생님이 홀 박사님의 한마디에 뒤돌아서 눈물을 훔쳤다. 전쟁이 끝난 평양에 무섭게 번지던 전염병이 홀 박사님에게도 옮고 만 것이다. 셔우드 선생님이 지극정성으로 간호해도 홀 박사님은 나을 낌새를 보이지 않았다. 여러 명의 의사들이 박사님을 치료해 보려고 애를 썼지만 소용이 없었다. 애가 타는 점동과 달리 선생님은 너무나 침착했다. 점동은 그런 선생님 앞에서 호들갑을 떨지 않겠다고 다짐했다.

홀 박사님은 선생님의 지극한 간호에도 불구하고 점점 뻣뻣하게 굳어 갔다. 홀 박사님이 셔우드 선생님의 배를 손가락으로 힘겹게 가리켰다.

선생님은 울음을 참느라 빨개진 얼굴로 미소를 지었다.

"아주 튼튼한 것 같아요. 셔우드 때보다 더 심하게 움직여요."

셔우드 선생님이 배를 내밀자 홀 박사님이 손을 뻗어 배를 만졌다. 이내 홀 박사님의 얼굴에 미소가 번졌다.

"우리 아기가 당신을 닮아 씩씩한 것 같소. 여보, 내가 평양에 갔던 것을 원망하지 마시오. 당신이 나로 인해 조선을 떠나는 것을 원치 않아요……."

셔우드 선생님은 홀 박사님의 손을 꼭 잡고 고개를 끄덕였다.

점동은 자기도 모르게 흘러내리는 눈물을 뒤돌아서 닦았다. 닦아도, 닦아도 눈물은 멈추지 않았다. 점동은 조용히 병실을 나왔다. 병실 밖에는 유산이 눈물을 흘리며 간절히 기도하고 있었다. 점동이 다가가자 눈을 뜬 유산이 물었다.

"차도가 있으시오?"

"어쩜 좋아요. 곧 떠나실 것 같아요."

유산은 옷소매로 입을 틀어막고 꺼억, 꺼억 울기 시작했다. 점동도 참았던 눈물을 쏟아 냈다.

잠시 뒤, 셔우드 선생님의 비명과도 같은 울음소리가 들려왔다. 점동은 하늘을 올려다보며 눈을 감았다.

'홀 박사님이 주님의 품에서 평안을 누리게 하시고, 우리 선생님과 배 속의 아기를 지켜 주세요…….'

언니!

지난번 편지 받고 많이 놀랐지? 셔우드 선생님은 미국으로 돌아가 평양에 병원을 지을 기금을 모을 거라고 하셨어. 내가 의사가 되는 길은 미국으로 건너가서 공부하는 방법 말고는 없어. 가족들이 많이 놀란 걸 알지만 난 이미 마음을 굳혔어. 유산 씨가 함께 갈 수 있는 길이 없어서 걱정했는데 셔우드 선생님이 애를 써 준 덕분에 같이 갈 수 있는 길이 생겼어.

두렵지 않은지 물었지? 사실, 많이 두려워. 미국에 가면 나는 바로 학교에 입학해야 하고 유산 씨는 내 학비를 벌기 위해 농장에서 일해야 해. 우리가 자리를 잡으면 유산 씨도 같이 공부할 길을 찾아볼 거야. 그때까지는 서로 멀리 떨어져서 지내야 해.

그러나 전염병 한 번에 수많은 사람이 죽어가는 이 땅에 조선인 의사가 없잖아. 내가 가야 할 길은 의사가 되어 조선의 수많은 환자들을 치료하는 길이라고 믿어.

일주일 뒤면 이 땅을 떠난다는 사실이 아직도 믿기지 않아. 미국에 가서도 자주 편지할게. 우리를 위해 기도해 줘. 유산 씨와

내가 어떤 일을 만나게 될지 모르지만 우리가 공부를 잘 마치
고 무사히 돌아올 수 있도록 기도해 줘.

고마워 언니.

언니가 내게 얼마나 큰 힘이 되는지 몰라. 언니 공부도 올해면
끝나고 내년이면 고사가 되겠지. 언니가 정말 자랑스러워. 아
이들을 키우면서 공부해서 고사까지 됐으니 말이야.

언니, 우리 각자의 자리에서 최선을 다하자.

인사할 곳이 많아 편지가 짧은 걸 이해해 줘.

이방인이
되어

　이화학당에서 조촐한 파송회가 열렸다. 미국으로 유학을 떠나는 점동을 응원하기 위한 자리였다. 선생님들은 점동과 유산의 여비를 마련해서 전달해 주었다. 점동은 두툼한 봉투를 받으며 눈물을 삼켰다.

　"감사합니다. 열심히 공부해서 꼭 조선에 보탬이 되는 의사가 되어 돌아오겠습니다."

　앉아 있는 사람들 중에 간난이 보였다. 점동은 소중한 동무 간난을 보고 미소를 지었다. 그때, 문을 열고 오와카가 헐레벌떡 들어왔다. 점동은 선생님들에게 인사를 마치고 오와카에게 달려갔다.

　"어떻게 지냈니. 너랑 인사도 못하고 떠날까 봐 마음 졸이고 있었어."

오와카가 눈물을 글썽이며 고개를 끄덕였다.

"다행히 별일 없었어. 아버지는 더 이상 일본의 만행에 가담할 수 없다고 하셨어. 아버지의 사업 자금을 나라에서 계속 뺏어 갔거든. 모든 것을 내려놓고 곧 일본으로 떠날 거야. 아버지는 그곳에서 사업이 아닌 다른 일을 하고 싶어 하셔. 우리도 아버지와 생각이 같아."

간난이 눈물을 글썽이며 다가왔다.

"우리가 함께 기도했던 방에 가지 않을래? 앞으로 우리 셋이 언제 또 그 방에 모일 수 있겠니."

세 사람은 기숙사로 갔다. 방으로 들어가자 점동은 고향에 온 것마냥 마음이 편안해지는 것을 느꼈다. 간난이 벌게진 눈으로 말했다.

"나 혼자 이 방을 쓰면서 너희들 생각을 많이 했다. 우리는 다 성장하고 있는 거겠지?"

오와카가 고개를 끄덕였다.

"간난은 조선에서, 나는 일본에서, 점동은 미국에서 더 성장할 거라 믿어. 아버지가 일본으로 돌아가서 고아원을 세우고 싶어 하셔. 아버지는 나더러 일본에 돌아가면 대학에 들어가라고 하셨지만 나는 아버지를 따라 고아들을 돌보고 싶어. 선생님들처럼 성경도 읽어 주고 깨끗하게 씻기고 맛있는 밥을 먹이고 싶어. 그리고 꿈을 갖도록 도와주고 싶어."

점동은 오와카와 간난의 손을 잡으며 말했다.

"학당에 와서 가족보다 더 끈끈한 사랑을 너희들에게 받았어. 앞으로 멀리 떨어져 살겠지만 항상 기도하면서 생각할 거야. 우리가 각자의 자리에서 빛을 발하도록. 정말 고마워. 너희는 부족한 나에게 과분한 동무들이야."

간난이 오색 보자기를 내밀었다.

"너와 유산 씨를 생각하며 목도리를 짰어. 줄 수 있는 게 이것밖에 없어서 미안해. 점동아, 넌 잘 할 거야. 조선의 첫 여의사가 내 동무라니 가슴이 벅차구나."

점동은 보자기를 풀어 곱게 짠 목도리를 꺼내 보았다.

"정말 곱다. 역시 네 솜씨는 따라올 자가 없구나. 많이 고맙다. 처음부터 지금까지. 열심히 공부해서 좋은 의사가 되어 돌아올게."

오와카도 작은 상자를 내밀었다.

"너한테 꼭 이 만년필을 선물하고 싶어서 용돈을 모았어. 좋은 것은 아니지만 이걸 쓸 때마다 날 기억해 줘. 점동, 네가 정말 자랑스러워. 나한테도 꼭 편지해야 해."

점동은 정든 학당과 정든 동무들과 작별한 뒤 유산과 함께 학당을 떠났다.

이튿날, 점동과 유산은 제물포항에서 사람들의 배웅을 받으며 일본으로 가는 배에 올라탔다. 떨리는 마음도 잠시, 높은 파도에 배가 심하게 요동쳤다. 점동은 미국에 가기도 전에 바다에서 죽을까 봐 겁이 났다. 두려움도 잠시, 뱃멀미를 심하게 한 점동은 기절했다 깨어나기를 반복했다. 사흘째 되는 날 배는 일본의 나가사키 항구에 도착했다.

미국으로 가는 배로 갈아타기 전, 점동은 나가사키 항구를 잠시 걸었다. 항구를 걸으며 처음으로 이방인의 기분을 느꼈다. 조선에서 봤던 무서운 일본 순사들과 달리 이곳 사람들은 평화롭고 활기차 보였다. 문득, 오와카가 생각났다.

'그래, 모두를 미워할 순 없어. 하지만 그들의 만행은 미워해야 해.'

미국으로 가는 배가 곧 출발한다는 소식을 듣고 점동은 다시 배에 올랐다. 항구를 떠난 지 얼마 되지 않아 점동은 다시 심한 뱃멀미를 했다. 유산은 점동의 곁을 한시도 떠나지 않으며 점동을 간호했다. 이따금 날씨가 좋은 날에는 점동을 데리고 갑판으로 나가 상쾌한 공기를 마시게 했다.

점동은 끝없이 펼쳐진 바다를 보며 생각했다.

'선생님들은 무엇 때문에 이 먼 길을 마다않고 달려올 수 있었을까……. 나 또한 허투루 시간을 보내지 않을 거야.'

한 달간의 긴 여행 끝에 멀리 미국 땅이 보이기 시작했다. 점동은 항구에 모인 사람들을 보며 마음을 다잡았다. 조선 사람들이 서양 사람들을 이상한 눈으로 바라보았듯, 이제는 점동이 그들에게 그렇게 비치는 걸 당연하게 여겨야 함을 느꼈다.

"또 배를 타라고 하면 선뜻 답을 하지 못할 것 같아요."

점동의 말에 유산이 고개를 끄덕였다.

"정말 고생이 많았소. 우리가 조선으로 돌아갈 때는 뱃멀미가 기억도 안 날 거요. 이제 당신은 학교로 가야 하는데 낯선 땅에서 혼자 잘 해낼 수 있을지 걱정이오. 당신이 마음 편히 공부하도록 잘 돕겠소."

"미안합니다. 늘 나를 위해 희생만 하는 당신께 정말 면목 없습니다."

유산이 고개를 내저었다.

"그런 말은 안 하기로 약속했잖소. 당신이 미국에서 공부할 수 있게 되어 얼마나 행복한지 모르오. 당신을 도울 수 있는 일이 있어서 나는 그저 기쁘고 감사하다오. 당신과 내가 같은 미국 하늘 아래 있는 것만도 은혜지 뭐요."

점동은 늘 자신을 배려하는 남편의 손을 꼭 잡았다.

"당신을 생각해서라도 열심히 공부할 거예요. 고마워요. 많이 고마워요. 자리만 잡으면 꼭 당신도 함께 공부해요."

드디어, 배가 미국 땅에 닻을 내렸다. 먼 이국땅에서 돌아오는 가족들을 마중하러 나온 수많은 사람들이 보였다. 항구에 가득 모인 사람들은 저마다 행복한 미소를 짓고 있었다. 셔우드 선생님의 가족들도 선생님을 맞이하기 위해 나와 있었다. 남편과 함께 돌아오지 못한 선생님을 가족들은 애틋한 얼굴로 맞아 주었다. 선생님은 오히려 가족들을 위로하며 씩씩한 미소를 지어 보였다. 가족들을 잠시 뒤로하고 선생님이 점동과 유산에게 다가왔다.

"미국에 온 걸 환영해 점동, 유산!"

선생님은 점동에게 몇 가지 당부를 하고는 두 사람의 손을 잡아 주었다.

"주님이 함께해 주실 거야. 점동과 유산은 누구보다 잘해 낼 수 있을 거야. 내가 먼저 조선으로 갈지, 점동이 먼저 갈지 모르지만 조선에서 만납시다!"

조선에서 만나자는 선생님의 인사에 점동은 울컥했다.

'열심히 공부해서 조선에서 선생님과 함께 진료하는 의사가 되겠습니다.'

셔우드 선생님과 헤어진 점동과 유산은 한참이나 잡은 손을 놓을 줄 몰랐다.

"나, 잘할 거예요. 그러니 당신도 꼭 건강하게 지내세요."

유산은 힘차게 고개를 끄덕였다.

"내가 할 소리요. 당신이야말로 공부하느라 몸 상하지 않도록 조심해야 하오."

점동은 뉴욕에 있는 공립학교에 입학했다. 조선에서는 영어를 통역할 정도로 실력이 있었지만 막상 미국에 오니 수업을 따라가기가 힘들었다. 점동은 밤낮을 가리지 않고 공부에만 전념했다. 그 결과 6개월 만에 공립학교 과정을 마치고 대학을 준비할 수 있게 되었다.

점동이 공립학교 과정을 마쳤다는 소식에 유산은 처음으로 휴가를 받아 점동을 만나러 왔다. 유산은 그사이 많이 핼쑥해진 것 같았다. 점동은 마디마디 굵은 매듭이 생긴 남편의 손을 쓰다듬으며 눈물을 삼켰다.

"농장 일이 많이 힘들지요. 그 일도 힘든데 식당 일까지 하면 어떡해요. 저도 아동 병원에 일자리를 구했어요. 돈 벌면서 틈틈이 공부하고 있으니 식당 일은 그만 두세요. 당신도 이제 공부를 시작해야지요."

유산이 단호하게 고개를 내저었다.

"무슨 말이오. 당신이야말로 지금은 공부에만 전념해야 할 때요. 내가 학비를 충분히 벌고 있으니 당신은 공부만 하시오. 그리고 나는 공부를 접었소. 당신이 좋은 재능을 펼칠 수 있도록 돕는 게 내 일이요."

점동은 단호하게 고개를 내저었다.

"그럴 수 없어요. 당신도 꼭 공부할 수 있도록 저도 노력할 게요."

"내 마음은 확고하오. 그러니 그 말은 이제 그만합시다. 오랜 만에 휴가인데 우리 시내 구경 좀 해 봅시다. 당신이 그랬잖소. 내가 오면 시내 구경을 시켜 준다고 말이오."

점동은 친구가 가르쳐 준 버스를 타고 유산과 함께 시내로 나갔다. 그동안 점동에게도 시내 구경은 그림의 떡이었다. 유산과 함께 시내 구경을 하니 점동은 어딘지 모르게 힘이 나는 것 같았다. 그리웠던 남편이 곁에 있는 것만으로도 힘이 생겼다.

"당신을 찾아오는 길에도 느낀 거지만 사람들은 우리가 참 낯선가 보오. 조선에서 선교사님들이 구경거리가 되듯, 미국에서는 우리가 구경거리가 되는 것 같소."

"그러게요. 학교에서 처음에는 아무도 내게 말을 붙여 주지 않았어요. 너무 외로웠지만 해야 할 공부가 많아 그런 걸 신경 쓸 겨를도 없었어요. 그런데 어느 날 교수님이 나를 불러 그러 셨어요. 혼자 하는 공부도 중요하지만, 친구들과 어울려 보라고 요. 그래서 먼저 다가가 말을 걸었더니 깜짝 놀라더라고요. 제가 벙어린 줄 알았대요. 한 번도 제가 말하는 걸 들어 본 적이 없었다고요."

점동의 말에 유산이 웃었다.

"우리 농장에서도 처음 나를 보고 손짓으로 말을 했어요. 내가 영어로 대답했더니 농장 주인이 놀란 얼굴로 나를 봤어요. 아시아인이 영어로 말하는 걸 처음 본다면서요."

맛있는 것도 먹고, 그간 있었던 이야기를 나누다 보니 금세 어둑어둑해졌다. 유산이 농장으로 돌아가는 버스에 올랐다. 유산이 탄 버스가 출발하자 점동은 힘차게 손을 흔들었다.

'유산 씨, 많이 고마워요. 당신이 있어 나는 더 용감해질 수 있어요. 대학 입학을 위해서도 열심히 공부할 거예요. 당신도 건강해야 해요.'

"에스더 박! 볼티모어 여자 의과 대학 최연소 입학을 축하합니다!"

점동은 남편의 외조와 열심히 공부한 덕분에 의과 대학에 최연소로 입학을 하게 되었다. 미국에 와서 점동은 '에스더'라는 이름을 썼다. 남편의 성을 따라 사람들은 점동을 '에스더 박'이라고 불렀다. 점동의 대학 입학 소식은 유산에게 더없는 기쁨을 주었다. 셔우드 선생님도 축하 꽃다발을 보내 주었다.

같은 미국 하늘 아래 있어도 자주 만나지 못하는 유산과 점동은 편지로 연락을 주고받았다.

'유산 씨, 저는 요즘 해부학 실습을 하고 있어요. 처음 시체실에 들어갔을 때는 무섬증이 들었지만 배움이 더 간절하니 모든 게 재미있어요. 조선에 있을 때 셔우드 선생님이 우리에게 해골을 보여 주며 인체 구조를 설명하고 싶어 했었어요. 선생님의 노력 끝에 제중원에서 해골을 빌려와 방에서 몰래 보여 줬었거든요. 그렇게 숨어서 해골을 봐야 했던 내가 해부학 실습을 한다니 꿈만 같아요. 나는 지금 모든 게 감사하고 행복해요. 농장 일이 많이 고되고 힘들 텐데 끼니마다 잘 챙겨 먹고 건강을 잘 돌보세요. 나는 밤마다 꿈을 꿔요. 당신과 손을 잡고 조선으로 돌아가는 꿈이요. 우리 그때까지 힘을 내요!'

'부인, 열심히 공부를 하고 있다니 참 감사한 일이오. 나는 잘 먹고 잘 자고 열심히 일하고 있소. 이곳 사람들도 모두 친절해서 지내기에 이보다 더 좋을 수 없다오. 부인은 내 자랑이자 기쁨이라오. 당신이 그 어려운 의대 공부를 하고 있다고 하면 모두들 나를 부러워한다오. 아무리 공부가 즐거워도 꼭 잠을 충분히 자도록 하오. 학교 끝나고 병원에서 일하는 건 그만두었소? 나는 당신이 공부에만 전념하길 바라오. 제발 일할 생각 말고 공부에만 전념하고 건강을 잘 돌보도록 하오. 학비는 내가 힘써 벌 테니. 우리 조선으로 돌아가는 날까지 힘을 냅시다!'

"부인! 이게 얼마 만이오! 농장 주인이 크리스마스 연휴를 당신과 보낼 수 있게 해 준 게 꿈같은 일이오. 당신이 이 어려운 공부를 잘 해내고 있다는 건 우리 농장의 자랑거리라오."

크리스마스 연휴를 앞두고 유산이 점동을 보러 왔다. 점동은 오랜만에 만나는 남편을 보고 반가움을 감추지 못했다.

"당신과 함께 크리스마스를 보낼 수 있어 참 감사하고 행복해요."

돈을 아끼느라고 점동과 유산은 허름한 여관으로 들어갔다. 점동은 빵집에서 산 손바닥만 한 케이크에 초를 꽂았다. 점동과 유산은 조그마한 케이크를 앞에 두고 행복한 미소를 지으며 서로를 바라보았다. 점동이 케이크를 바라보며 말했다.

"학당이 생각나네요. 크리스마스 때 피터가 우리를 위해 케이크를 만들어 줬던 적이 있어요. 눈송이처럼 하얗고 보드라운 케이크가 얼마나 신기하던지. 우리 별단이는 그 뒤로 일 년 내내 크리스마스만 기다렸어요. 케이크를 맛보겠다고 말이에요. 당신과 미국에서 크리스마스를 보내고 있다는 것이 아직도 안

믿겨요."

유산이 주머니에서 작은 포장 꾸러미를 건넸다. 점동이 놀란 눈으로 바라보자 유산이 머쓱한 듯 웃었다.

"풀어 보오. 아주 작은 나의 마음이라오."

점동은 유산이 주는 첫 선물을 들고 어찌할 바를 몰라했다. 유산의 재촉에 포장지를 조심스럽게 뜯자 빨간 장갑이 나왔다. 점동은 고운 빛깔의 장갑을 얼굴에도 대 보고 손에도 대 보았다. 장갑 아래에는 유산의 카드도 있었다.

'부인, 미국에서는 크리스마스에 카드를 주고받는다고 들었소. 앞으로 크리스마스 때마다 당신에게 카드를 쓰겠소. 우리가 함께 보낸 세월만큼 크리스마스 카드가 쌓여 갈 걸 생각하니 흐뭇하오. 미국에서 처음 맞는 크리스마스를 당신과 함께 보낼 수 있어 행복하오. 아무것도 가진 것 없는 나와 결혼해 주어 참 고맙소. 언젠가는 당신에게 꼭 예쁜 목걸이를 선물하고 싶소. 이 추운 겨울날, 당신이 외로울 때마다 손을 잡아 주지 못해 미안하오. 외롭고 추울 때, 꼭 이 장갑을 끼시오. 멀리 있는 나 대신 이 장갑이 당신의 손을 따뜻하게 해 줄 거요. 사랑하오. 부인.'

카드를 읽는 점동의 얼굴에 눈물이 번지기 시작했다. 유산이 점동의 눈물을 닦아 주며 점동을 꼭 안아 주었다. 유산에게 처음으로 카드를 받은 점동은 말할 수 없이 기쁘고 행복했다.

"선생님들은 사랑한다는 말을 아무 때나 잘도 하는데 우리는 왜 이리 낯부끄러운지 모르겠어요. 많이 고마워요. 나는 기말고사를 보느라 카드는 생각도 못했어요. 시간도 없었을 텐데 언제 선물까지 샀어요. 많이 고마워요. 그리고 사랑해요."

점동의 고백에 유산의 얼굴이 붉어졌다. 유산이 쑥스러운 듯 웃으면서 말했다.

"이 좋은 말을 너무 아끼고 살았어요. 우리 이 말은 아끼지 말고 삽시다."

허름한 여관에서 보내는 크리스마스였지만 점동과 유산은 누구보다 큰 기쁨과 행복을 느꼈다.

대학 생활은 점동의 눈을 새롭게 열어 주었다. 점동은 날마다 도서관에서 책을 쌓아 놓고 공부를 했다. 쉬는 시간에는 유산에게 편지를 썼다. 대학 생활이 쌓여 갈수록 점동과 유산이 주고받은 편지도 점점 쌓여 가고 있었다. 유산이 그리울 때는 유산의 편지를 읽고 가족들이 보고 싶을 때는 언니의 편지를 읽고 또 읽었다. 또, 간난과 오와카도 이따금 편지를 보내 왔다. 점동은 외롭다는 생각이 들 때마다 세차게 고개를 내젓고 책을 폈다.

자신을 위해 고생하는 유산의 짐을 조금이라도 덜어 주기 위해.

'외롭고 힘들다고 투정할 때가 아니다. 유산 씨는 오직 나를 위해 종일 고생하는데 이번에도 장학금을 받을 수 있도록 공부에만 전념해야 한다.'

'유산 씨, 며칠 전에 조선으로 돌아간 셔우드 선생님에게 편지가 왔어요. 당신도 너무 고되게 노동을 하고, 저도 아동 병원에서 밤에 일을 하며 공부한다는 소식을 듣고 선생님이 조선으로 돌아오는 건 어떠냐고 물었어요. 졸업을 못하더라도 조선에서는 충분히 환자들을 돌볼 수 있다는 거예요. 선생님은 우리 둘의 건강이 걱정된다고 하셨어요. 저 혼자 결정할 일이 아닌 것 같아 당신에게 편지를 써요. 당신 생각은 어떠세요?'

'부인, 우리를 염려하는 선생님의 마음은 고맙지만, 그 뜻에는 순종할 수가 없소. 당신이 얼마나 어렵게 미국 땅까지 와서 공부를 시작했는데 포기하다니요. 절대 그런 일은 있을 수 없소. 지금 포기하면 다른 기회도 없을 것이오. 힘들겠지만 나는 당신이 끝까지 이 공부를 마치기를 바라고 기도할 뿐이오. 밤에 아동 병원에서까지 일하니 많이 고단하지요? 당신이 온전히 공부에만 전념할 수 있도록 나도 더 노력할 거요. 그러니 마음 단단

히 먹고 공부에만 전념해 주시오. 당신은 꼭 조선의 첫 여의사가

되어 조선으로 돌아가야 하오. 많이 그립소 부인.'

계절이 바뀌는 줄도 모르고 공부에 전념하는 사이 졸업이 코
앞으로 다가왔다. 점동의 성적은 학교 안에 소문이 파다할 정도
로 우수했다. 몇몇 교수님들은 점동에게 조선으로 돌아가지 말
고 미국 병원에서 일하기를 권하기도 했다. 점동은 그럴 때마다
고개를 내저었다. 자신이 돌아가야 할 곳은 조선이기 때문이다.

"에스더! 전화 받아!"

기숙사에서 시험공부를 하는데 친구가 점동을 불렀다. 점동
은 남편의 전화일 거라는 생각에 반가운 마음으로 달려 내려갔
다. 전화를 건 사람은 유산의 농장 동료였다. 유산이 쓰러져 병
원으로 옮겼다는 소식이었다. 며칠 전 편지에서도 밥 잘 먹고 잘
있다고 걱정 말라던 유산이 쓰러졌다는 사실을 믿을 수 없었다.
점동은 허겁지겁 짐을 챙겨 남편이 있는 병원으로 달려갔다. 병
원에 도착하자 뼈만 앙상하게 남은 유산이 점동을 알아보고 힘
없는 미소를 지었다. 석 달 전에 만났을 때와 비교도 안 되게 마
른 남편을 보고 점동은 할 말을 잃었다.

"시험 준비로 바쁠 텐데, 여긴 뭘 하러 왔어요."

유산의 병명은 폐결핵이었다. 점동은 남편의 병명을 듣고 그

대로 주저앉아 버렸다. 담당 의사는 치료가 불가능한 상태라고 말했다. 마음을 추스른 점동은 아무렇지 않은 척 병실로 돌아 갔다. 유산 앞에서 눈물을 보이지 않으려고 점동은 입술을 꽉 물었다.

'좋아질 수도 있어. 내가 옆에서 잘 간호하면 회복될 수 있을 거야.'

점동의 극진한 간호에도 유산은 회복될 낌새가 보이지 않았 다. 점점 상태가 나빠지자 점동은 참았던 눈물을 쏟았다.

"미안해요. 나 때문에 고생만 했는데, 많이 미안해요."

유산은 힘겹게 고개를 내저었다.

"이제 곧 당신이 의사가 된다니 얼마나 기쁜지 모르오. 내 인 생에 첫 기쁨은 하나님을 만난 것이고, 두 번째 기쁨은 당신과 결혼한 것이고, 세 번째 기쁨은 당신이 의사가 되는 것이라오. 당신이 그 일을 잘 감당하길 기도하겠소."

점동은 세차게 고개를 내저었다.

"못해요. 당신이 없으면 안 돼요. 전 아무 데도 갈 수 없고, 아 무것도 할 수 없어요. 제발 힘을 내세요."

거친 숨을 몰아쉬며 유산이 말을 이었다.

"당신이 있어야 할 자리가 어딘지 잘 알 거라 믿어요. 슬퍼하 지 말아요. 천국에서 다시 만날 때까지 잘 지내야 하오. 나는 먼저 가서 홀 박사님을 만나고 있으리다. 내, 내가 당신을 좋아하는 또 다른 이유는 당신은 내가 본 조선 여성 중 가장 용감하기 때문이오……."

유산은 마지막 말을 남기고 눈을 감았다.

점동은 교수님과 친구들의 도움으로 남편의 장례를 치렀다. 공원 묘지에 남편을 묻고 돌아서는 길, 점동은 차마 발길이 떨어지지 않아 목 놓아 울었다. 한참을 울다 셔우드 선생님이 떠올랐다. 어린 셔우드와 배 속의 아기까지 있던 선생님이 씩씩하게 홀 박사님을 떠나보냈던 모습이 떠오르자 점동의 무릎에 힘이 들어갔다. 평양에 병원을 지을 기금을 모아서 어린 두 자녀를 데리고 먼저 조선으로 간 선생님을 생각하며 점동은 힘을 내서 일어났다.

'조선 땅에 사랑하는 남편을 묻은 선생님의 심정이 이런 것이었구나. 선생님처럼 나도 씩씩해질 거야. 이제 더 이상 울지 않을 거야.'

마침내, 졸업식이 다가왔다. 점동은 최우수 성적으로 의과 대학을 졸업했다. 점동을 아끼는 교수님이 조선으로 돌아가는 것을 말렸지만 점동은 곧장 짐을 쌌다. 조선으로 떠나기 전 점동은 남편의 묘지 앞에 섰다.

남편의 묘비 앞에 졸업장을 놓자 그동안 참았던 눈물이 쏟아졌다. 자신을 뒷바라지하기 위해 미국 땅에 와서 싸늘하게 죽어간 남편을 생각하면 가슴이 저며 왔다.

"이 졸업장은 당신 거예요. 당신의 헌신이 없었다면 나는 절대 의사가 될 수 없었을 거예요. 당신이 있는 이 땅에 머물고 싶지만 그건 당신의 뜻이 아닌 걸 알아요. 이제 조선으로 돌아가서 기쁨으로 환자들을 돌볼 거예요. 다시 만날 때까지 내가 이 일을 잘 감당하는지 지켜봐 주세요."

점동은 남편과 주고받았던 편지를 가방에 넣고 단출한 짐을 꾸렸다. 조선으로 가는 배에 올라타자 그리운 얼굴들이 수없이 떠올랐다. 점동은 멀어지는 미국 땅을 바라보며 눈물을 삼켰다.

'당신을 두고 가는 게 아니라, 당신이 늘 나와 함께하는 거 맞지요……? 용감한 여인이 되겠습니다. 지켜봐 주세요.'

언니!

이제 며칠 있으면 조선으로 가는 배를 타게 될 거야. 유산 씨 장례는 잘 치렀어. 학교 친구들과 고수님들이 많이 도와주었어. 며칠 전에 지도 교수님을 만났어. 교수님은 내가 미국에 남길 바라셨어. 좋은 병원을 추천해 주겠다는 고수님 말에 약간 흔들렸어. 아니, 많이 흔들렸어. 유산 씨도 없이 과부가 되어 조선으로 가는 것이 조금 두려웠어. 그러다 셔우드 선생님이 떠올랐어.

홀 박사님을 보내고도 흔들림 없이, 다시 조선으로 건너가 병원을 세우고 환자를 돌보잖아. 나 자신이 나약해지려고 할 때마다 선생님을 떠올리면 다시 용기가 생겨. 이국땅 공동묘지에 남편을 두고 가려니 발길이 안 떨어져 오늘은 많이 울었어. 한참을 쓰러져 우는데 용감해지라는 유산 씨의 마지막 말이 떠올라 눈물을 그치고 겨우 일어섰어.

너무 걱정하지 마. 오늘까지만 울고 이제 울지 않을 거야. 난 유산 씨가 자랑스러워하는 조선에서 가장 용감한 여인이 될 거니까. 미국에서 보낸 시간들을 돌아보니 어떻게 지나갔는지 모르겠어. 나는 공부만 했고, 유산 씨는 일만 했으니 말이야. 그래도 유산 씨와 주고받았던 편지가 남아서 얼마나 감사한지 몰라.

조선 곳곳에 국권 회복 운동이 일어나고 있다고 들었어. 함께 보내는 돈은 독립운동 자금으로 사용해 줘. 하루도 빼먹지 않고 나라를 위해 기도하고 있어. 조선에 돌아가면 당분간 한성에 머물 거야. 그럼 언니를 자주 볼 수 있겠지?

언니 편지 속에 선물처럼 끼워진 막내 정원이 사진을 보고 기쁨의 눈물을 흘렸어. 이 세상은 그렇게 죽음과 생명이 공존하는 곳이지. 오늘도 누군가는 죽고, 또 누군가는 태어나겠지. 유산 씨가 떠나고 처음 본 생명 정원이, 그래서 정원이가 선물처럼 여겨져. 이제 막 걷기 시작한다는 정원이를 곧 만날 수 있다고 생각하니 기뻐.

다들 어떻게 변했을지 궁금해. 나도 많이 변했겠지? 모두 보고 싶어. 특히, 우리 정원이를 빨리 안아 보고 싶어. 정원이를 생각하며 인형을 샀는데 우리 정원이가 좋아했으면 좋겠어.

언니, 곧 만나!

나귀 타고 온
손님

"조선의 첫 여의사 김점동을 환영합니다!"

제물포항에 도착하자 많은 사람들이 점동을 환영하기 위해
나왔다. 가장 먼저 셔우드 선생님이 점동에게 달려왔다. 선생님
은 아무 말 없이 점동을 꼭 안아 주었다. 남편을 먼저 보낸 아
픔을 누구보다 잘 아는 선생님이기에 아무 말 하지 않아도 점
동에게 위로가 전해졌다. 선생님이 눈물을 닦으며 특유의 씩씩
한 미소를 지었다.

"할 일이 많아 점동. 우리 용감해지자!"

점동은 힘차게 고개를 끄덕였다.

한성에 돌아오자마자 점동은 보구여관에서 첫 진료를 시작했
다. 조선인 여의사가 왔다는 소문이 삽시간에 퍼지자 여성 환자
가 점점 늘었다. 점동은 눈코 뜰 새 없이 바빴지만 힘든 줄 모

르고 진료했다.

쉬는 날에도 점동은 진료소에 올 수 없는 환자들을 찾아다니며 진료했다. 그럴 때마다 셔우드 선생님은 점동의 왕진 가방을 붙잡고 말렸다. 점동은 선생님의 손을 가만히 뿌리치며 미소를 지었다.

"그냥 있기 심심해서 그럽니다. 산책 삼아 한 바퀴 돌고 올 테니 염려 마세요."

진료소를 나간 지 얼마 되지 않았을 때, 행색이 초라한 조그마한 여자아이가 다가왔다. 아이가 점동의 왕진 가방을 보며 물었다.

"미국에서 공부하고 온 의사가 맞지요? 귀신도 못 고치는 병을 고치는 의사가 맞지요?"

"무슨 일이니?"

"우리 동무 할머니가 며칠째 설사만 하다 다 죽어 갑니다. 곧 오겠다는 무당도 아직 당도를 안 하고 있습니다. 가서 할머니 좀 고쳐 주세요."

점동은 곧장 아이를 따라갔다. 다 쓰러져 가는 오두막에 한 할머니가 웅크린 채 덜덜 떨고 있었다. 손녀로 보이는 야윈 여자아이가 점동을 막아섰다. 아이는 행색과 달리 목소리만큼은 당찼다.

"무당이 곧 오기로 했으니 돌아가시오! 우리 할머니가 병이 날 때마다 천지신명께 빌어 주는 무당이 있단 말이오! 서양 귀신은 우리 할머니 병을 못 고친다고 했소!"

점동은 아이를 보고 미소를 지었다.

"집에 너와 할머니만 살고 있니?"

아이가 고개를 끄덕였다.

"나는 서양 귀신이 아니라 의사란다. 우선 할머니부터 보자."

점동이 좁은 방으로 들어가자 아이는 어쩔 수 없다는 듯 따라 들어왔다. 고열에 심한 설사를 거듭한 환자는 몰골이 말이 아니었다. 방 안을 진동하는 역한 냄새는 참기 힘들 정도였다. 점동은 팔을 걷어붙이고 비좁은 방을 청소하기 시작했다.

"가서 물 좀 길어 올래? 물은 반드시 끓여서 먹어야 해. 물을 길어 와서 좀 끓여 줘."

아이는 점동이 좁은 방 안을 구석구석 닦는 걸 한참이나 지켜보다 물동이를 들고 나갔다. 점동은 방 안에 있던 요강을 밖으로 내놓고 뜨거운 물로 소독했다. 그러고는 따뜻한 물로 할머니를 깨끗하게 씻겼다. 아이는 점동이 하는 것을 가만히 지켜보았다. 반나절이 지나도록 오기로 했다는 무당은 오지 않았다.

깨끗하게 치워진 방에 할머니를 눕힌 뒤에 점동이 주사를 놓았다.

"할머니가 얼른 나으려면 집을 깨끗하게 청소하는 것이 중요해. 우물물을 통해서 이런 병이 전염되기 때문에 물은 항상 끓여서 먹어야 한단다. 음식도 날것으로 먹지 말고 모두 익혀서 먹어야 해. 너도 항상 손을 깨끗이 씻고 할머니를 돌봐야 한다. 알겠지? 그리고 할머니한테 따뜻한 물을 자주 마시게 하고."

아이가 고개를 끄덕이며 점동을 물끄러미 보았다.

"소문에 미국에 다녀온 의사라는데 참말입니까? 참말로 조선 사람의 배를 가르고 귀신을 꺼내고 다시 닫았어요?"

아이의 물음에 점동이 미소를 지었다.

"귀신을 꺼낸 게 아니라 환자를 괴롭히는 못된 병을 꺼냈단다."

멋쩍은 얼굴로 아이가 말했다.

"미국까지 갔다 온 의사는 우리 같은 사람 치료 안 해 주는 줄 알았어요."

점동은 아이의 손을 꼭 잡고 말했다.

"할머니가 또 아프면 언제든 보구여관에 오면 돼. 보구여관은 돈을 받지 않아. 나는 곧 평양으로 가지만 다른 선생님들이 잘 치료해 줄 거야. 알았지? 아프면 꼭 병원에 오너라."

점동은 뒤따라 나오려는 할머니를 말리고 집을 나왔다. 점동을 부르는 소리에 뒤를 돌아보니 여자아이가 숨을 헐떡이며 달려오고 있었다.

"많이 고마운데 드릴 게 아무것도 없습니다. 나중에 꼭 이 은혜 갚겠습니다."

"사람들한테 아프면 무당을 찾지 말고 병원으로 가라고 말해줘. 그게 나한테는 제일 좋은 일이야."

아이가 고개를 끄덕였다. 보구여관으로 가는 길, 점동은 자신도 모르게 하늘을 올려다보았다.

'의사가 되게 해 주셔서 감사합니다!'

며칠 뒤, 점동은 우유와 달걀을 들고 다시 오두막집을 찾았다. 할머니의 혈색이 전보다 좋아 보였다. 아이는 점동을 보고 놀란 눈으로 말했다.

"어찌 또 오셨습니까?"

점동은 아이에게 달걀과 우유를 건네며 미소를 지었다.

"할머니는 영양가 있는 음식을 잘 드셔야 해. 마침 아침에 우유가 왔기에 가지고 왔단다. 할머니한테 이 우유와 달걀을 드시게 해. 그럼 더 빨리 회복될 거야."

누워 있던 할머니는 받을 수 없다며 손사래를 쳤다. 점동은 그런 할머니를 다독이고 집을 나왔다. 아이는 한참이나 멀찍이서 점동을 뒤따라왔다. 점동은 뒤를 돌아 아이에게 돌아가라고 손짓을 했다. 그러자 아이가 달려와 수줍은 듯 말했다.

"고맙습니다. 많이 고맙습니다. 이 은혜를 어떻게 갚아야 할지……."

"나도 너처럼 어릴 때 너무 많은 사람들의 사랑을 거저 받았단다. 거저 받은 사랑을 거저 나눠 주는 것뿐이야. 혹시 공부가 하고 싶으면 언제든 보구여관으로 찾아 와. 내가 도움을 줄 수 있으니까."

"나도 커서 선생님 같은 사람이 되고 싶습니다. 내 이름은 봉례입니다."

아이는 들릴 듯 말 듯한 소리로 말하고 도망치듯 달려갔다.

'저에게 꿈을 주셨던 것처럼 저 아이에게도 꿈을 주세요.'

점동은 멀어져 가는 아이를 보며 기도했다.

점동은 셔우드 선생님과 함께 평양으로 떠났다. 한성에 비해 평양에는 병원이 턱없이 부족했다. 평양에 도착한 점동은 바쁜 나날을 보냈다. 낮에는 병원에서 환자들을 진료하고 저녁에는 학생들을 가르쳤다. 셔우드 선생님은 맹인학교를 열어서 앞을 보지 못하는 학생들에게 점자를 가르치는 일까지 했다.

바쁜 나날을 보내는 중에 점동은 보구여관으로부터 반가운 전보를 받게 되었다. 봉례라는 아이가 공부를 하고 싶다고 점동을 찾아왔다는 것이다. 할머니가 돌아가신 뒤 혼자 남은 봉례는 점동이 떠올라 보구여관으로 찾아왔던 것이다. 점동은 평양에 선교사님이 방문할 때 봉례를 함께 데려와 달라는 답장을 보냈다.

평양에 도착한 봉례는 전에 봤던 꼬마가 아니었다. 키도 훌쩍 자라고 철이 든 얼굴로 점동을 보며 웃었다.

"많이 반갑다. 평양에 온 걸 환영해."

"저를 이곳까지 불러 주셔서 감사합니다. 열심히 공부해서 선생님처럼 어렵고 아픈 사람들을 돕고 싶습니다."

봉례는 간호학교에 입학해 공부를 시작했다. 점동은 자신을 찾아온 봉례가 기특해서 조카처럼 아끼며 돌보았다.

주일 아침, 점동은 교회를 다녀오자마자 집을 나섰다. 봉례는 당나귀에 차곡차곡 짐을 실었다. 치료받은 환자들이 답례로 가져온 달걀과 곡식 등을 싣고 가서 필요한 사람들에게 나눠 주기 위해서였다. 봉례는 점동을 따라 평양 곳곳을 다니다 보니 나귀에 짐 싣는 데 선수가 되었다.

"선생님, 짐은 다 실었어요. 우리 선생님 진료 편하게 다니라고 나귀를 주셨는데 늘 짐만 싣고 다니니 어쩌면 좋습니까. 선생님 다리도 자주 붓는데."

"집에 돌아와 씻고 누우면 금방 피로가 풀리니 염려 마라. 이 나귀가 환자들에게 귀한 약도 실어다 주고 배부른 양식도 실어다 주니 얼마나 고맙니."

봉례가 나귀 고삐를 잡으며 말했다.

"오늘은 어디로 가 볼까요?"

점동이 나귀의 등을 쓰다듬으며 말했다.

"고생스러워도 잘 부탁한다. 오늘은 빈민촌에 들러보자."

봉례가 종을 흔들며 외쳤다.

"환자들은 나오시오. 김점동 선생님이 오셨습니다!"

순회 진료를 다닐 때마다 봉례는 종을 흔들어 의사가 왔다는 것을 알렸다.

점동이 자주 들르는 빈민가에 이르자 입구부터 악취가 났다. 점동은 익숙한 듯 집집마다 들어가서 아픈 이들을 살폈다. 중풍 걸린 할머니 집에 들어가자 점동을 알아본 할머니가 반갑게 맞아 주었다.

"우, 우, 우리, 의, 의, 의사 선, 생!"

점동이 할머니를 씻기는 동안 봉례는 한 평 남짓 되는 오두막을 청소했다. 점동은 삶은 달걀을 할머니에게 먹였다. 할머니는 늘 그렇듯 고마워서 어쩔 줄 몰라 하는 표정을 지었다. 점동이 할머니 집을 나서며 말했다.

"이웃집에 말해 두고 갈 테니 약 꼬박꼬박 잘 챙겨 드세요. 또 올게요."

할머니의 가장 큰 인사는 잘 움직이지 않는 오른팔을 힘써 들어 올리는 것이었다. 점동은 할머니 손을 꼭 잡고 집을 나왔다. 봉례는 할머니를 볼 때마다 돌아가신 할머니가 떠올라 눈시울을 붉혔다.

골목길로 접어드는데 멀리서 커다란 짐승을 어깨에 들쳐 멘 사내가 보였다. 가까이 가 보니 그 짐승은 사슴이었다. 덫에 걸렸는지 사슴 다리에 피가 맺힌 게 보였다. 사내는 다급한 듯 빠르게 점동을 스쳐 지나갔다. 점동은 낯익은 사내를 따라갔다. 오두막에 들어서자 사내가 사슴뿔을 잘라 대접에 피를 받고 있었다.

"그걸 어머니에게 드릴 생각입니까?"

사내는 그제야 점동을 알아보고 고개를 끄덕였다.

"내 이 사슴을 잡으려고 온 산에 덫을 놓고 다닌 지 일 년이오. 이 사슴피만 먹으면 우리 오마니 폐병이 다 낫는다고 들었소."

점동이 사내에게 말했다.

"내가 말하지 않았습니까. 어머니의 병은 너무 깊어졌다고. 사슴피를 먹는다고 해서 나을 병이 아닙니다. 제 남편도 어머니와 같은 병으로 먼저 떠났다고 하지 않았습니까……. 어머니 드릴 달걀을 좀 가져왔습니다. 영양가 있는 음식을 드시게 하고, 잘 쉬게 하세요."

사내가 점동을 쏘아보며 말했다.

"남편도 못 고친 의사가 무슨 감 놔라, 배 놔라, 말이 많소?"

가만히 옆에 있던 봉례가 사내에게 꽥 소리를 질렀다.

"말이 너무 심하오! 우리 선생님이 여기 아주머니를 얼마나 위하는지 아시오? 미국으로 편지까지 보내서 치료 방법을 알아보고 있단 말이오!"

그제야 사내는 머쓱한 얼굴로 고개를 숙였다. 점동이 사내에게 달걀 꾸러미를 내밀었다.

"내가 말린다고 한들 듣지도 않을 터이니 달걀을 놓고 가리다. 사슴피는 오히려 부작용이 있으니 차라리 고기를 익혀서 드리는 편이 나을 것이오."

점동은 남편을 빼앗아 간 폐결핵 환자를 만날 때마다 가슴이 미어지는 것 같았다. 결핵 환자를 위한 약이 개발 중이라는 것을 한참 전부터 들었지만 진척된 소식은 없었다. 점동은 빈민가에 올 때마다 결핵에 걸린 아주머니를 항상 들여다보았다. 점동이 할 수 있는 거라곤 달걀 몇 알 내미는 것밖에 없었다.

'많이 미안합니다. 결핵을 고치는 약이 어서 개발되기를 기도

하겠습니다…….'

  꼭 들여다봐야 할 환자를 만난 뒤 점동과 봉례는 마을 중앙에
있는 커다란 당산나무 아래로 갔다. 봉례가 나귀에 실린 구호품
을 바닥에 내리고 종을 흔들었다.

  "환자들은 나오시오! 김점동 선생님이 오셨습니다! 환자들
은 나오시오!"

  환자들이 하나둘 당산나무 아래로 모이기 시작했다. 봉례는
간단한 찰과상 입은 환자는 직접 소독하고 약을 발라 주었다.
점동은 환자 줄이 아무리 길어도 싫은 내색 없이 환자들을 정성
껏 진료했다. 영양 부족이 심각한 환자들에게는 점동이 가져온
콩이나 달걀을 나눠 주기도 했다. 처음에는 서로 더 가져가겠다
고 싸우던 사람들 때문에 점동은 골머리를 앓았다. 그러다 영양
상태를 보며 점동이 직접 나눠 주기 시작하자 사람들은 더 이상
아무 말도 하지 않았다.

  "지난번에 상처 부위를 자주 씻고 깨끗하게 말리라고 했을 텐
데요. 이렇게 씻지 않으면 상처는 더 심해져요."

  점동은 위생 상태가 엉망인 빈민가를 올 때마다 속이 상했
다. 진료가 끝나면 점동은 사람들을 한자리에 앉히고 위생 교
육을 했다.

"물은 반드시 끓여서 먹어야 합니다. 지난번에도 말했지만 밥 그릇과 숟가락도 꼭 뜨거운 물에 한 번씩 소독해야 해요. 그걸 잘 지킨 집들은 오늘 이렇게 안 나왔잖아요. 깨끗해야 병도 안 걸립니다. 아낙네들은 밥하기 전에 손을 깨끗하게 씻어야 합니 다. 상처가 나면 깨끗한 물에 씻고 바람으로 잘 말려야 해요. 잘 씻고, 깨끗하게 지내기만 해도 병이 덜 걸립니다. 명심하세요!"

어느덧 저녁 해가 뉘엿뉘엿 지고 있었다. 봉례는 지친 점동에 게 나귀에 타라고 성화를 했다.

"됐다. 이 녀석도 종일 짐을 싣고 돌아다니다 겨우 짐을 내렸 는데 내가 타면 얼마나 고단하겠니."

봉례는 점동의 고집에 고개를 절레절레 흔들었다.

"선생님 고집은 정말 쇠심줄마냥 질깁니다. 집으로 가는 동안 이라도 나귀에 앉아서 쉬셔야 내일 진료를 보시지요. 헌데, 그 사내 집에는 이제 그만 가면 안 됩니까? 고마운 줄도 모르는 못 된 사람입니다!"

점동이 힘없이 미소를 지었다.

"맞는 말이지. 남편을 못 고친 의사가 맞지. 봉례야, 예수님처 럼 모든 사람을 다 고쳐 줄 수 있다면 얼마나 좋겠니. 허나, 내 가 못 고치는 병을 만날 때마다 나는 나의 약함을 본단다. 그러 니 누구를 고쳤다고 자만할 수 있겠니. 내가 고칠 수 없는 병을 만나면 그저 기도하는 수밖에……."

땅거미가 진 평양 거리를 점동과 봉례는 나귀를 앞세우고 터벅터벅 걸어갔다. 점동은 집으로 돌아갈 때마다 하루 동안 본 환자들 얼굴 하나하나를 떠올렸다. 지치고 힘든 얼굴 중에 남편의 얼굴이 스칠 때면 점동은 먼 하늘을 보며 미소를 지었다.

'나 잘하고 있는 거 맞죠? 당신이 많이 그리워요…….'

"선생님! 오늘은 절대 진료 못 가십니다. 눈이 앞이 안 보이게 쌓였어요."

주일 예배를 드리고 온 점동에게 봉례가 호들갑스럽게 다가왔다. 점동은 창밖으로 쌓인 눈을 보고 잠시 고민하다가 이내 채비를 했다. 남편이 선물해 준 빨간 장갑은 군데군데 해졌지만 여전히 따뜻하고 보드라웠다. 점동이 장갑을 끼고 나가자 봉례는 할 수 없다는 듯 나귀를 끌고 나왔다.

"봉례야, 창고에 썰매가 있느냐?"

휘둥그레진 눈으로 봉례가 점동을 쳐다보았다.

"썰매요? 삼구 아재가 눈이 많이 왔을 때 썰매를 밀고 나가는 것을 본 적은 있어요."

점동이 눈짓을 하자 봉례가 창고에서 썰매를 찾아 들고 왔다. 점동은 나귀 안장에 줄을 묶어서 썰매를 연결했다. 점동이 나귀

등을 툭 치자 나귀가 걷기 시작했다. 나귀가 움직이자 뒤에 묶인 썰매가 조르르 따라 움직였다.

"됐다! 이러면 갈 수 있지 않겠느냐?"

점동의 말에 봉례는 고개를 절레절레 흔들었다.

"누가 선생님을 말릴 수 있겠어요."

점동과 봉례는 무릎까지 쌓인 눈을 뚫고 빈민가를 향했다. 언덕에 올라서자 하얀 눈에 빈민가가 묻힌 듯 아무것도 보이지 않았다. 점동이 봉례를 보며 웃음을 지었다.

"썰매에 앉아 보자. 나귀가 우리를 환자들에게 데려다줄 게다."

점동과 봉례가 썰매에 앉자 나귀가 순식간에 달리기 시작했다. 점동은 얼굴을 때리는 바람이 아프지 않았다. 학당에 다니던 어린 날로 돌아간 것처럼 가슴이 설레었다.

"봉례야, 미국에선 송아지만큼 큰 개들이 썰매를 끌기도 한단다. 우리 조선에는 나귀 썰매가 있다는 걸 사람들이 모를 거야."

"개썰매요? 미국은 참 신기한 나라네요. 선생님, 썰매 타고 진료를 가니 꼭 놀러 가는 것 같습니다."

점동은 봉례를 보며 웃음을 지었다.

'고맙다. 나의 좋은 동무가 되어 주어서. 너희들이 마음껏 배우고, 마음껏 웃을 수 있는 나라가 속히 오길 기도하마.'

언니!

우리 조카들은 잘 크고 있지? 정원이도 많이 컸겠네. 한성에
한번 가야지 하면서도 시간이 나질 않네.

언니 편지를 받고 깜짝 놀랐어. 학당에도 독립을 위한 비밀 모임
이 시작되었다니 반가우면서도 걱정이 돼. 이 땅에서 일본군이
물러가기를 그토록 기도했건만, 결국 국권을 빼앗기고 말았네.
우리 아이들이 살아가야 할 세상이 얼마나 험할지, 그 생각을 하
면 잠이 오질 않아. 요즘 이곳저곳에서 일본의 악랄한 만행이 들
려올 때마다 억장이 무너져. 언제 조국을 되찾게 될지…… 아이
들을 가르치는 우리는 독립 정신을 잘 가르치고 곳곳에서 독립
운동이 일어나다 보면 반드시 독립의 그날을 만나리라 믿어. 내
건강을 항상 걱정하는 언니기에 이제 솔직하게 말할 때가 온 것
같아. 지난번 요양을 다녀온 뒤로 조금 나아지는 듯했다가 병이
다시 도졌어. 이번에는 회복하기 힘들 것 같아. 결핵이라는 병이
그렇잖아. 지난번 요양을 갈 때, 따리할 게 없어 어찌 그런 병까
지 따라하냐고 울던 언니가 생각 나.

언니, 나는 유산 씨와 같은 병이라서 오히려 감사해. 유산 씨

옆에서 간호도 못해 줬는데 병이 같으니 늦었지만 지금이라도 유산 씨의 아픔을 조금이라도 이해할 수 있게 됐잖아.

이 편지를 눈물로 적실 언니를 생각하면 마음이 찢어지는 것 같아. 어릴 때부터 지금까지 좋은 동무이자, 가장 좋은 우리 언니…… 언니한테 그 고마움을 어떻게 다 표현할 수 있을까. 언니와 함께 까막잡기 놀이했던 우리 집 뒷골목, 언니와 함께 바느질감 들고 장터를 지나 안성댁 집을 오갔던 날들, 엄마가 만들어 준 오자미를 점순이한테 뺏기고 온 날, 언니가 가서 찾아 주었던 일들…… 요새는 그런 추억들이 떠올라 혼자 웃음을 짓다가, 그리움에 눈물이 나기도 해.

늘 나를 애잔한 눈으로 바라보는 우리 언니…… 언니, 난 죽음이 두렵지 않아. 눈 한번 감았다 뜨면 주님 품에 안길 텐데. 다만, 남겨진 가족들이 슬퍼할까 봐 그게 걱정이지. 아직 환자들을 치료할 수 있고, 아이들을 가르칠 수 있어 감사해. 꼭 한 가지 바람이 있다면, 생명이 다하는 날까지 환자들을 돌보고 싶어.

봄이 오면 꼭 언니와 조카들을 보러 갈 거야. 우리 다 같이 봄 소풍을 가도 좋겠어. 언니와 함께 봄 소풍을 갈 생각을 하니 나

도 모르게 미소가 지어져. 고마워 언니. 한 번도 이 말은 못했

는데, 언니 많이 사랑해. 용감하게 지내다 만나!

목련나무에
꽃봉오리가 맺히던 날

　새벽까지 번역 작업을 하다 잠이 든 점동은 시계를 보고 벌떡 일어났다. 좀처럼 늦잠을 자는 일이 없는데 때 아닌 늦잠을 잔 것이다.

　"오늘은 간호학교 학생들 수업도 있는 날인데."

　허겁지겁 출근 준비를 한 점동은 학교로 달려갔다. 봉례는 맨 앞자리에 앉아서 수업 준비를 하고 있었다.

　"지난주에 이어 오늘 할 수업은······."

　점동이 책을 펼치는데 간호원이 급하게 노크를 했다.

　"선생님, 응급 환자가 왔어요."

　간호원을 뒤따라 달려온 남자가 외쳤다.

　"제 누이가 다 죽어 갑니다. 사, 살려 주시오."

　한 여인이 몸을 축 늘어뜨린 채 남자의 등에 업혀 있었다. 죽은 것처럼 늘어진 여인의 손목에는 두툼한 천이 묶여 있었고, 천은 이미 피로 물들어 있었다.

"여기까지 오면 어떡해요. 일단 빨리 수술실로 안내해요."

학생들이 웅성거리며 환자를 내다보았다.

"오늘 수업은 이따 보충하기로 해요. 모두 자습하고 있도록 해요."

점동은 서둘러 수술실로 들어갔다. 점동은 여인의 목에 손을 대고 맥박부터 체크했다. 다행히 맥박이 뛰는 데 문제가 없었다.

"일단 그 천을 조심스럽게 벗기세요."

간호원이 천을 벗기는 동안 점동이 바깥으로 나가 남자에게 물었다.

"자결하려고 했습니까?"

남자가 울먹이며 말했다.

"제 누이동생이 시집을 가자마자 남편이 죽어 청상과부가 되었습니다. 아이도 없이 홀로 시부모를 모시고 사는데 동네에 제 누이가 웬 남정네를 만났다는 소문이 돌았습니다. 하도 기막히고 기막혀 하던 누이가 은장도로 자결하려 한 것을 사돈 어른이 발견해서 제가 업고 왔습니다. 살려 주십시오. 우리 누이는 그럴 사람이 아닙니다."

점동은 남자를 나가게 하고 서둘러 수술을 준비했다.

"일단 수술부터 하고 봅시다."

점동은 여인의 손목을 꼼꼼하게 살펴보며 말했다.

"다행히 동맥이 다치진 않았네요. 정맥 봉합 수술을 하면 좋아질 거예요. 저를 잘 도와주세요."

간호원은 고개를 끄덕이며 수술 도구를 챙겼다. 점동은 간호원의 도움을 받아 지혈을 한 뒤 끊어진 정맥을 잇는 수술을 시작했다. 수술에 집중을 하느라 온 몸이 뻐근했지만 움직일 수 없었다. 정맥 봉합 수술은 특별히 더 세심하게 진행해야 했기 때문이다.

"오, 퍼펙트!"

셔우드 선생님처럼 점동도 수술이 잘 끝나면 "퍼펙트"를 외쳤다. 여인은 아직 마취에서 깨지 못하고 있었다.

점동은 수술방을 나가 남자를 찾았다.

"수술은 잘 됐습니다. 곧 마취가 깰 겁니다. 다행히 빨리 발견해서 생명에 지장은 없습니다."

남자는 점동에게 몇 번이나 고개를 숙이며 인사를 했다.

"마취는 곧 풀릴 겁니다. 아직 뭘 먹여서는 안 됩니다. 먹어도된다고 할 때까지 음식을 주지 마세요. 마취 풀리면 간호원에게 연락 주세요."

오전 진료가 끝나고 점동은 입원실로 갔다. 남자는 점동을 보자마자 달려와 허리를 숙여 인사했다.

"제 누이를 살려 주신 이 은혜를 어찌 갚아야 할지요."

혈색이 돌아온 여인의 얼굴을 자세히 보니 스물도 안 되어 보였다.

여인이 고개를 돌리며 매몰차게 말했다.

"쓸모없는 목숨, 뭣하러 살리셨습니까!"

"누이야, 어찌 그런 말을 하니. 네 생명을 살리신 은인이시다."

점동이 다정하게 물었다.

"얼굴이 앳돼 보이는데 나이가 몇이오."

오라비가 대신해서 대답했다.

"열여덟입니다."

점동은 여인의 얼굴을 한동안 물끄러미 바라보았다. 스물도 안 된 꽃다운 여인이 소문 하나에 생명을 버리려 했던 것이 안타깝기만 했다.

"이보시오. 생명은 그렇게 가벼운 것이 아닙니다. 나도 먼 이국땅에서 일찍 과부가 됐습니다."

벽만 보고 있던 여인이 놀란 눈으로 점동을 돌아보았다. 점동은 고개를 끄덕이며 계속 말을 이었다.

"허나, 과부가 되었다고 다 목숨을 버리진 않습니다. 그깟 소문 하나에 생명을 버리면 이 세상에 살아남을 사람이 어디 있겠습니까. 살아서 그 소문이 사실이 아님을 증명해야 할 것 아니오."

잠자코 점동의 말을 들은 여인이 웅얼거리듯 말했다.

"과, 과부이신 줄 몰랐습니다. 헌데 어찌 그리 당차신지요…….
저같이 아무짝에도 쓸모없는 계집이 증명을 어찌 하겠습니까.
죽어서 증명하는 수밖에요."

"과부는 당차지 말라고 누가 그랬습니까. 증명은, 살아 있음
에 감사하면서 잘 사는 것입니다. 나만 잘 살지 말고 다른 이들
도 잘 살게 하면서요."

여인이 물었다.

"저 같은 과부가 누구를 잘 살게 할 수 있단 말입니까."

"배워서 나눠 주면 됩니다. 우리 간호학교에 들어오면 아프고
약한 사람들을 도울 수 있습니다. 혹은 배워서 선생님이 되어 아
이들을 가르칠 수도 있습니다."

옆에 있던 남자가 더 기뻐하며 말했다.

"누이야, 이보다 좋은 소식이 또 있겠니. 사돈 어른들께는 내
가 말할 테니 너는 무조건 배워라. 그래서 꼭 저 선생님처럼 너
도 당당해지거라."

오누이는 울먹이며 점동에게 감사를 전했다. 점동은 학교에
입학하는 절차를 간호원에게 설명해 주길 부탁하고 진료실로

돌아왔다.

'더 많은 여인들이 깨어 배워야 한다. 아직도 턱없이 부족하다.'

"선생님! 전화 받으세요! 한성이랍니다!"

다급한 간호원의 말에 점동은 전화기를 들었다.

"대한부인회 주최로 해외 유학 여성 환영회가 곧 한성에서 열립니다. 그날 선생님이 고종 황제로부터 상을 받게 되었습니다."

점동은 상을 받기 위해 한성으로 갔다. 한성은 몰라보게 달라져 있었다. 국권을 빼앗은 일본인들이 보란 듯이 활개치고 다녔다. 무장한 군인들이 경복궁을 둘러싼 모습을 보고는 점동은 할 말을 잃었다. 궁궐 안은 궁궐 밖과 또 다른 모습이었다. 임금님은 '황제'라는 새로운 칭호를 쓰며 서양식으로 꾸민 홀에 앉아 있었다. 점동은 여인으로서 이렇게 큰 상을 받는 것이 기쁘면서도, 처참한 나라를 생각하면 가슴이 미어졌다.

화려한 조명과 경쾌한 음악이 홀 안을 가득 메웠다. 점동은 상을 받기 위해 맨 앞자리로 안내를 받았다. 점동은 떨리는 마음으로 단상을 바라보았다. 옆에 앉은 셔우드 선생님이 점동을 보며 미소를 지었다.

"축하해! 에스더란 이름처럼 하늘의 별처럼 빛나는 사람이 되었구나. 하늘에 있는 유산도 자랑스러워할 거야."

"홀 박사님도 선생님을 보며 그렇게 생각할 거예요. 조선을 떠나지 않고 이토록 사랑하고 계시잖아요."

선생님은 말없이 점동의 손을 꼭 잡아 주었다.

시상식이 끝나고 파티가 시작되었다. 사진을 찍던 한 기자가 점동에게 다가왔다.

"박 에스더 선생님이 맞으시죠? 미국에서 6년간 그 어려운 의학 공부를 마치셨다지요. 스물세 살에 귀국해서 십 년간 매년 오천 명이 넘는 환자들을 진료하셨다고 들었습니다. 선생님이 이렇게 할 수 있었던 힘은 어디서 나왔습니까?"

점동은 잠시 머뭇거리다 대답했다.

"저에게는 세 개의 이름이 있습니다. 첫 번째는 아버지가 지어주신 김점동이라는 이름입니다. 김점동일 때는 하나님을 모르던 삶이었습니다. 그리고 이화학당에 들어가 세례를 받으며 김에스더가 되었습니다. 하나님을 만나고 꿈을 갖게 되는 시기였지요. 마지막으로 박 에스더라는 이름이 있습니다. 남편과 결혼하면서 새로운 성을 갖게 되었지요. 제 이름이 바뀔 때마다 사랑의 빚도 늘어갔습니다. 무엇보다 제가 의사가 될 수 있도록 생명 다해 헌신해 준 제 남편 덕분에 여기까지 올 수 있었습니다."

기자가 물었다.

"선생님, 세 개의 이름 중 가장 애착이 가는 이름은 어떤 것입니까?"

"기자님이 생각하시는 바로 그 이름입니다."

기자가 고개를 끄덕이며 다시 물었다.

"박 에스더 선생님, 앞으로 어떤 계획이 있으신지 궁금하군요."

"생명이 다하는 날까지 환자를 돌보는 것, 그 하나입니다."

인터뷰가 끝나고 점동은 조용히 궁궐을 나왔다. 점동은 수많은 별이 반짝이는 맑은 밤하늘을 올려다보았다.

'유산 씨, 이 상은 당신이 받아야 해요. 나는 아무 자격이 없습니다. 가끔, 외롭지만 울지 않습니다. 나는 당신이 자랑스러워하는 조선에서 가장 용감한 여인이니까요.'

다음 날, 점동은 스크랜턴 선생님을 찾아갔다. 부쩍 건강이 나빠진 선생님을 뵙는 게 이번이 마지막이 될지도 모른다는 생각 때문이었다. 점동이 방에 들어가자 선생님이 침대에 누워 미소를 지었다.

"오……."

스크랜턴 선생님이 점동에게 손을 내밀었다. 점동은 얼른 다가가 손을 잡았다. 선생님은 가쁜 숨을 몰아쉬며 입을 열었다.

"소식 듣고 얼마나 기뻤는지 모른다. 널 처음 봤을 때 난 맛이 없다고 소리치던 네가 조선의 보배가 되었구나. 하나님, 감사합니다!"

처음 봤을 때 그토록 곱고 꼿꼿하던 선생님은 어느새 할머니가 되어 있었다. 점동은 기뻐하는 선생님의 손을 꼭 붙잡고 말했다.

"저를 사랑으로 품어 주시고 잘 가르쳐 주셔서 감사해요. 선생님이 저녁마다 성경을 읽어 줄 때 정말 행복했어요."

스크랜턴 선생님은 눈물을 글썽이며 고개를 끄덕였다. 점동은 선생님과 아쉬운 인사를 나누고 집을 나왔다.

점동의 걸음이 이화학당으로 향하고 있었다. 학당은 훨씬 더 커졌고 학생들도 많아졌다. 간난이 보고 싶었지만 수업이 끝날 때까지 기다릴 수가 없었다. 시간을 지체할 수 없어 점동은 먼 발치에서 학당을 바라보았다.

'하나님, 많이 고맙습니다. 생명이 다하는 날까지 이 나라를 사랑하고 백성들을 사랑으로 치료하는 의사가 되게 해 주세요. 이 나라를 주님께서 꼭 지켜 주세요……'

이듬해 봄, 피를 토하며 쓰러진 점동은 다시 일어서지 못했다. 남편과 같은 병, 폐결핵이었다. 봉례는 점동의 곁을 한시도 떠나지 않으며 극진하게 간호했다.

"선생님, 다시 일어설 거지요? 꼭, 다시 일어나야 해요."

열다섯 살, 꽃처럼 예쁜 봉례를 점동은 오래토록 바라보았다. 그러고는 손짓으로 가방을 가리켰다. 봉례가 가방을 가져다주었다. 점동이 눈짓을 하자 봉례가 가방을 열었다. 점동이 오색 보자기를 가리켰다. 봉례는 조심스럽게 오색 보자기를 풀었다. 보자기 속에 작년 봄, 고종 황제에게 받은 메달과 봉례에게 쓴 편지가 들어 있었다.

점동이 마당을 내다보며 미소를 지었다.

"봄이 온 지도 몰랐네. 어느새 목련나무에 꽃봉오리가 맺혔구나. 봉례야, 나는 목련나무에 꽃봉오리가 맺힐 때가 가장 좋더라. 꽃봉오리 하나하나가 얼마나 희고 고귀해 보이는지……. 목련 꽃봉오리를 보고 있노라면 아름다운 꽃을 곧 볼 거란 희망이 있어 좋다. 이 메달을 너에게 줄 테다. 꼭 조선의 귀한 보배가 되어라."

봉례는 고개를 절레절레 흔들었다.

"받을 수 없습니다. 아무것도 안 주셔도 됩니다. 그저 선생님이 제 곁에 오래 계셔 주는 게 제일 좋습니다."

점동이 힘없이 고개를 내저었다. 가쁜 숨을 고르고 점동이 힘겹게 입을 열었다.

"저 목련 꽃처럼 아름답게 피어나거라."

봉례는 말없이 고개를 주억거렸다. 점동은 봉례의 손을 지그시 잡고 미소를 지었다. 점동과 봉례는 그렇게 한동안 말없이 서로를 바라보았다.

그날 밤, 점동이 마지막 힘을 모아 말했다.

"나를 위해 찬송가 한 곡조 불러 주겠니?"

봉례는 눈물을 삼키며 고개를 끄덕였다. 그러고는 목소리를 가다듬고 은은한 목소리로 찬송을 불렀다.

"저 높은 곳을 향하여 날마다 나아갑니다 내 뜻과 정성 모두어 날마다 기도합니다 내 주여 내 발 붙드사 그 곳에 서게 하소서 그곳은 빛과 사랑이 언제나 넘치옵니다……."

점동의 숨소리가 점점 고르게 변하더니 이내 얼굴에 평안한 미소가 번졌다.

사랑하는 나의 제자 봉례에게

처음 오두막집에서 널 만났던 때가 떠오르는구나. 할머니에게 손도 못 대게 하던 널 보는 순간, 꼭 어린 날의 나를 보는 것 같았지. 나도 어릴 때 너처럼 당차고 고집이 셌지. 휴일이면 쉬고 싶었을 텐데, 늘 나와 함께 진료를 가 주어 고맙다. 네가 있어서 더 힘이 났고 든든했단다. 너는 나에게 때로는 딸 같았고, 때로는 막내 동생 같았고, 때로는 똑순이 제자였단다.

봉례야, 이 메달은 꼭 너에게 주고 싶다. 아무짝에도 쓸모없는 계집 소리를 듣고 자란 내게 이런 상이 가당키나 하겠니. 그러나 살다 보니 이런 날이 오는구나. 너도, 너의 동무들도 나를 보고 꿈을 가꾸길 바란다.

네가 이 편지를 읽을 때쯤이면 나는 이 세상에 없겠지. 그래서 몇 가지 당부를 해 놓으려고 펜을 든다. 네 걱정대로 이 나라는 점점 더 어려워질 거야. 너는 무엇을 해야 하냐고 물었지? 힘을 길러야 한단다. 배워서 힘을 길러야 한단다.

누구도 조국을 넘보지 못하도록 강한 나라로 만들어야 한단다. 이 나라의 희망은 너희들이야. 배움을 자기의 유익만을 위하여 쓴다면 차라리 안 배우는 것만 못해. 열심히 학문을 익혀 다른 사람들에게 도움을 줄 수 있어야 한단다.

나는 환자들을 치료할 수 있어서, 학생들을 가르칠 수 있어서 참 행복했다. 예수님을 만났더니 내 안에 빛이 생겨 많은 사람들에게 그 빛을 비출 수 있었단다. 그동안 열심히 번역한 의학 자료들을 네가 보며 공부할 수 있다니 더 기쁘구나.

사랑하는 봉례야, 아무것도 두려워하지 말고 꿈을 향해 담대하게 나아가렴. 너와 네 동무들이 이 나라의 꿈이고 희망이란 걸 한시도 잊지 말길 바란다.

잊지 마라. 너는 조선의 귀한 보배란다. 아름다운 여인으로 네가 성장하는 것을 보지 못하는 게 가장 아쉽구나. 넌 분명 아름답고 복된 여인이 될 거야.

사랑한다, 나의 제자.
너의 꽃이 아름답게 피어나길 기도하며…….

꿈을 가져도 되오?

몇 해 전 봄날, 합정동에 있는 양화진 외국인선교사묘원에 갔었다. 조선을 사랑했던 외국인 선교사들의 영상을 보는데 조선의 소녀가 스치듯 지나갔다. 미국으로 유학을 가서 의사가 되어 돌아왔다는 여인. 조선 최초의 여의사라는 소개에 '신여성'의 삶을 살았겠거니, 짐작했다.

"자기 몸을 돌보지 않고 환자를 치료하던 그녀는 서른세 살의 나이에 하나님 품에 안겼다⋯⋯."

잠시 후 들려온 내레이션에 고개를 들 수가 없었다. 한참 만에 몸을 곧추세우고 앉았는데 자꾸만 목울대가 뜨거워졌다.

계절이 바뀔 때마다 외국인선교사묘원에 들렀다. 겨울에서 봄으로 넘어가는 시기에는 더 자주 갔던 것 같다. 묘지 사이를 거닐며 봄의 손짓을 발견하기라도 하면 한동안 그 자리에 머물

렀다. 어느 해 봄이던가. 작은 매화나무 묘목에 진분홍 빛깔의 매화꽃 세 송이가 피어 있었다. 바람이 불어올 때마다 몇 발짝 떨어져 있는 나에게 전해지던 진한 매화 향기. 그 작은 꽃송이가 그토록 진한 향을 내는 것에 감탄하다 점동이를 다시 만났다. 할 수 있는 대로 다른 글을 쓰면서 도망 다닌 시간을 접어야 할 때가 왔다는 걸 알게 된 순간이었다.

작품을 하나씩 완성할 때마다 친구가 하나둘, 느는 듯하다. 오래 품은 글이었기에 우리의 시간도 그만큼 깊어졌다. 이미 꿈을 이루었음을 아는데도, 글을 쓰면서 매 순간 점동이의 꿈을 응원했다. 때로는 고달프고, 때로는 애잔하고, 때로는 가슴 뛰는 나날이었다.

오랫동안 이 시간을 꿈꿨던 것 같다. 원고에 마침표를 찍고 점동이를 자유롭게 떠나 보내는 순간을. 유난히 추웠던 겨울을 잘 견딘 목련 나무에 보송보송한 솜털 같은 꽃봉오리가 부풀어 오르고 있어 안심이다. 우리의 봄이, 맑고 햇살이 가득했으면 좋겠다.

시간이 흐를수록 갚을 수 없는 '사랑의 빚'이 점점 늘어만 간다. 모든 분들께 머리 숙여 깊은 고마움의 인사를 전하고 싶다. 더불어 나의 귀여운 아기 새와, 우리의 둥지를 함께 가꾸어 가는 나의 좋은 벗에게 사랑의 입맞춤을 전한다. 때때로 두렵고 막막할 때마다, 한결같은 사랑으로 나를 지켜 주시고 응원해 주시는 하나님께 깊은 감사를!

"Soli Deo Gloria!"(하나님께 영광을!)

— 오채